# 梦庄记事

贾大山 ◎ 著

（插图本）

河北出版传媒集团

花山文艺出版社

河北·石家庄

## 图书在版编目（CIP）数据

梦庄记事：插图本 / 贾大山著. —石家庄：花山文艺出版社，2021.5（2022.3 重印）
ISBN 978-7-5511-5616-5

Ⅰ.①梦… Ⅱ.①贾… Ⅲ.①短篇小说－小说集－中国　当代 Ⅳ.①I247.7

中国版本图书馆CIP数据核字（2021）第046967号

| | | |
|---|---|---|
| **书　　名：** | **梦庄记事**（插图本） | |
| | Mengzhuang Jishi | |
| **著　　者：** | 贾大山 | |
| **插　　图：** | 刘现辉 | |

| | | | |
|---|---|---|---|
| **策划统筹：** | 张采鑫　李　爽 | | |
| **责任编辑：** | 梁东方　贺　进 | **责任校对：** | 李　伟 |
| **装帧设计：** | 王爱芹 | **美术编辑：** | 胡彤亮 |
| **出版发行：** | 花山文艺出版社（邮政编码：050061） | | |
| | （河北省石家庄市友谊北大街330号） | | |

| | |
|---|---|
| **销售热线：** | 0311-88643221 |
| **传　　真：** | 0311-88643234 |
| **印　　刷：** | 石家庄众旺彩印有限公司 |
| **经　　销：** | 新华书店 |
| **开　　本：** | 787mm×1092mm　1/32 |
| **印　　张：** | 6.25 |
| **字　　数：** | 100千字 |
| **版　　次：** | 2021年5月第1版 |
| | 2022年3月第2次印刷 |
| **书　　号：** | ISBN 978-7-5511-5616-5 |
| **定　　价：** | 20.00元 |

# 序

◎ 贾永辉

一个充满乡土气息的村庄！

夏天，如果站在这条土路的远处，不见村里的房屋，只看见一片绿油油的树林；微风刮起的时候，绿油油的树叶随意摆动，就像画中虚假的海平面立起汹涌而来；虽然知道虚假，但也有几分美感！……这条宽阔而又平坦的土路两边，各有两行胳膊粗的杨树，两行树之间，是不算深的、准备排雨水的土沟。沟两边是一片绿油油的、寂静而又空旷的庄稼地。庄稼地里，不规则地坐落着一间间低矮的房屋，房屋前栽着一两棵高高的柳树，树下有个像什么武器似的、生锈的黑铁管子，就像战斗片中的迫击炮，这是各个生产队浇地的机井出水口……处处彰显着静态的美感。对于我这个从那时候走过来的人来说，仿佛又回到了那个记忆中活生生的情景。二十世纪六七十年代的乡下都是这样。此刻我描述的是正定城北约三十里处的、与我有着几分情缘的——西慈亭。

　　顺着这条土路走近这片所谓的树林时，才会看见房屋，才会知道这是一座村庄。村口没有标志，如果不打问，不会知道这个村庄名。右边，坐北向南的是一座规模不算小的学校，高大而朴素的教室，看上去有些气势；学校前边是一排很粗、很高且又笔直的杨树，每排教室前边，也栽着一排杨树，那叫钻天杨，象征着孩子们的学习就像"钻天杨"一样天天向上。

　　一条路将学校和左边的住户分开，临着村口的几户院落里，不规则地种着一片片高大的槐树、榆树和枣树，槐树下是一尺多厚的土墙。闲得没事，孩子们便欢快地上树、爬墙，大人们便瞪着眼吼叫，上树怕磨破裤子，爬墙怕摔着。被大人吼下来，也闲不住，就用树枝或瓦片儿在土墙上瞎画，画鸟儿，画鸡，画得歪歪扭扭，画得墙上烂唧唧的。尽管烂唧唧的，只要没有危险，不磨坏衣服，大人就不再瞪着眼吼了。

　　记忆里，上午或下午，一个小孩经常从路西穿到路东的学校里，听这个教室里传出的琅琅读书声，那个教室里传出的一个单调的讲课声，也有的教室里学生在寂静无声地做作业。那个小孩儿像一只小狗子似的卧在教室门口的台阶上，隔着门缝往教室里看。也许是他在家

闲得无聊才来的，也许是在潜意识中来的，来看他正在上课的父亲，当时年轻的父亲是小学校的老师。这个小孩儿就是半个世纪前的我。

后来，我父亲到了县文化馆上班。我和我妈生活在村口一座宽敞的农家院落里。那座院子里的一切至今我还记忆犹新……回忆中，似乎又看见了宽敞的院落、看见了高大的槐树，闻到了当年的乡土气息；在我的记忆里它就像一颗不落的星辰，这样说是因为它养育了我的童年！那时候，我总是盼望着——星期六，因为星期六的下午或傍晚，我的父亲就会骑着自行车、顺着门前这条土路回来，我的盼望化为行动就是像骑马一样，骑在一片树下的土墙上朝南瞭着，有时候还用手比画成望远镜……一旦看见我父亲的影子，就跳下土墙头，飞快地迎着他跑去。我的父亲咧嘴笑着，从自行车上滑翔着停下，高兴地把我放在自行车大梁上，带我回家。不论当时，还是现在，想起来心里都是一种幸福！

那些年里，西慈亭给我留下了很多美好的印象。回城之后的岁月里，也时常想念那时候的日子。虽说那时候生活艰苦，但想起来也有几分乐趣；这几分乐趣就像甘甜的泉水常年滋润着我，形成了不可名状的感情……时隔多年，我的父亲悄无声息地做了一件大事，他以西慈亭为背景原型，潜心创作了二十三篇系列短篇小说

《梦庄记事》，分别发表在河北省作协主办的《长城》和河北省文联主办的《当代人》杂志上，后来又被《小说选刊》《新华文摘》等杂志转载，还招来使他意想不到的、不少叫好的评论。

如果从文学角度来谈我的父亲，说实话，我是难以胜任的。因为作者与作品之间存在着一定距离，这个距离恐怕作者本人也难以说清。总之，作品是远远高出作者某种思想境界的，这也是我多年来的一点儿感受。至于我父亲和"梦庄"之间的一些事，看他的《梦庄记事》似乎很简单，仔细想，又似乎很复杂。究竟是复杂还是简单，又是一个说不清。小说大概就是这样吧。

二十世纪八十年代末的那几年，我们家每当吃午饭和晚饭的时候，我的父亲总好讲起那时候的情景。那些年他正在创作《梦庄记事》，好像他在为虚构做真实的补充，努力寻找作品的真实。他把人性纳入了文学，又从文学中跳出，用小说的形式还原了生活，使大家看到一个干干净净的、时代的梦庄！这似乎是他最大的愿望，在他的愿望里，还深深寄予和希望着什么。他用淳朴、干净的语言，表现着世间优美的丑陋、欢喜的悲哀、幽默可笑的严肃……说到这里，也就涉及了人性的层面。

当康志刚和梁东方二位先生分别告诉我，花山文艺出版社要出版《梦庄记事》的时候，我非常高兴；但转念一想，这又有些违背我父亲在世时候的某些意愿，因为他不喜欢出风头，也不愿过多地表现出自己，他只喜欢默默读书，潜心写作。但他还是喜欢有更多的读者来读他的作品的，出版社策划推出的这个插图本，如果能得到读者朋友的喜爱，我想在九泉之下的父亲也是应该感到高兴的！这是每一个作家的愿望。

至于他不喜欢出头露面，潜心于写作，当年老画家韩羽先生专门为此画过一幅漫画，发表在河北省作协主办的《长城》上。不知道是韩老先生画得好，还是我父亲喜欢默默读书，潜心写作，后来这幅漫画还被好多报纸转载。我想两个原因都有吧！

似乎是情感的升华，感觉我的父亲并没有去世，而是到遥远的地方旅游去了，还没有回来，我在耐心等待着……这种感觉，几年前我在北京的一次会议上曾经提到过。当时，中国作家协会主席铁凝老师打断我的话，她深情地对我说："我也有这种感觉！感觉他远去旅游，还没有回来。"在这样的等待中，我仿佛又看见当年自己骑在浓密树荫下的土墙头上，用手比画成望远镜……

# 目　录
## CONTENTS

花生

　　——梦庄记事之一　　　　　　／001

老路

　　——梦庄记事之二　　　　　　／009

干姐

　　——梦庄记事之三　　　　　　／015

定婚

　　——梦庄记事之四　　　　　　／026

离婚

　　——梦庄记事之五　　　　　　／034

梁小青

　　——梦庄记事之六　　　　　　／045

黑板报

　　——梦庄记事之七　　　　　　／056

俊姑娘

　　——梦庄记事之八　　　　　/ 065

丑大嫂

　　——梦庄记事之九　　　　　/ 074

沙地

　　——梦庄记事之十　　　　　/ 083

杏花

　　——梦庄记事之十一　　　　/ 096

坏分子

　　——梦庄记事之十二　　　　/ 104

钟声

　　——梦庄记事之十三　　　　/ 109

梆声

　　——梦庄记事之十四　　　　/ 115

枪声

　　——梦庄记事之十五　　　　/ 120

亡友印象

　　——梦庄记事之十六　　　　/ 128

云姑

　　——梦庄记事之十七　　　／140

孔爷

　　——梦庄记事之十八　　　／147

飞机场上

　　——梦庄记事之十九　　　／155

会上树的姑娘

　　——梦庄记事之二十　　　／164

写对子

　　——梦庄记事之二十一　　／169

杜小香

　　——梦庄记事之二十二　　／173

迎春酒会

　　——梦庄记事之二十三　　／178

后记　　　　　　　　　　　／182

# 花　生
## ——梦庄记事之一

　　小时候，我特别爱吃花生。街上买的五香花生、卤煮花生，我不爱吃，因为它们是"五香"的、"卤煮"的。我爱吃炒花生。那种花生不放作料，也不做过细的加工，那才是花生的真味儿。

　　然而这种花生，城里很少见卖。只有在冬天的晚上，城外的一些小贩，挎着竹篮进城叫卖：

　　"大花生，又香又脆的大花生……"

　　那诱人的叫卖声，弄得我睡不着觉。父亲便去叫住小贩，买一些给我吃。晚上吃了，早起还满口的清香。

　　也许是从小就爱吃花生的缘故吧，我二十一岁上，县里动员知识青年下乡插队时，我愉快地报了名，来到全县有名的"花生之乡"——梦庄。

　　我们来到梦庄，正是收获花生的季节。队长肩上背着一个小闺女，领我们安置好了住处，对我们说：

"今天晚上招待招待你们。"

"怎么招待？"我们问。

"你们城里人，爱吃山药，焖一锅山药吃吧？"

"不，"我说，"我们城里人，爱吃花生。"

"对，吃花生，吃花生。"同伴们都说。

"吃花生，吃花生。"小闺女拍打着他的光头，也说。

"哎呀，那可是国家的油料呀……"队长牙疼似的吸了一口气，终于说，"行，吃花生就吃花生。"

队长三十来岁，人很老诚，也很温和。不论做什么事情，他的肩上总是背着那个小闺女。那闺女有五六岁，生得又瘦又黄，像只小猫。房东大娘告诉我，队长十分娇爱这个闺女，她是在他肩上长大的。

晚上，队长背着闺女，来到我们的住处。保管员也来了，背着一筐花生和一布袋头沙子。我们点着火，他先把沙子放到锅里，然后再放花生。他说，炒花生，其实不是靠炒，而是靠沙子"暖"熟的。如果不放沙子，干炒，花生就会外煳里生，不好看，也不好吃。

花生炒好了，放在一个簸箕里，我们坐在炕上吃起来。那闺女坐在我们当中，眼睛盯着簸箕，两只小手很像脱粒机。

那花生粒大色白，又香又脆，实在好吃。我们一边吃

着，不由赞美起这里的土地。队长听了很高兴，说是村北的河滩里，最适合种花生了，又得光，又得气，又不生地蛆。早先，花生一下来，家家都要收拾一个仓房，房顶上凿一个洞；收获的花生晒在房上，晒干了，就往那洞里灌。一家藏多少花生，自己也说不清。

正谈得高兴，"哇"的一声，那闺女突然哭起来。我很奇怪，赶忙捡了一颗花生，哄她说："别哭，吃吧，给你一颗大的。"

哄不下，仍然哭。

"你怎么了？"我问。

她撇着小嘴儿，眼巴巴地望着簸箕说：

"我吃饱了，簸箕里还有……"

我心里一沉，再也吃不下去了。平时，梦庄对于这个闺女，是太刻薄了吧?

那年，花生丰收了，队里的房上、场里，堆满了花生。我一看见那一堆堆、一片片的花生，不由就想起了闺女那眼巴巴、泪汪汪的模样。一天，我问队长：

"队长，今年能不能分些花生？"

他说："社员们不分。"

"我们呢？"

"你们还吃油不？"

"吃呀。"

"吃油不吃果，吃果不吃油。"

和社员们一样，我们每人分了一斤二两花生油，没有分到花生。

第二年春天，点播花生的时候，队长给我分配了一个特殊的任务。上工后，他让社员们站在地头上，谁也不准下地，然后让我和保管员拉上小车，带上笸箩，到三里以外的一个镇子上买炸油条去。买回油条，他对社员们说：

"吃，随便吃。"

吃完油条，才准下地。我问他为什么这样做，他说：

"你算算，吃一斤油条四毛六分钱，吃一斤花生种子多少钱？再说，花生是国家的油料呀！"

"这个办法是你发明的？"我问。

他笑了一下，没有回答，笑得十分得意。

这样做了，他还不放心。收工时，他让我站在地头上，摸社员们的口袋。我不干，他说我初来乍到，没有私情，最适合做这项工作。

社员们真好，他们排成一队，嘻嘻哈哈地走到我面前，敪起胳膊让我摸，谁也不在乎。

就在那天晚上，我正做饭，忽然听到东南方向有一个女人的哭声。正想出门去看，我的同伴跑来了，气喘吁吁地说：

"快走，快走！"

"哪里去？"

"队长的闺女死了！"

我一震，忙问：

"怎么死的？"

同伴说，队长收工回去，看见闺女正在灶火前面烧花生吃。一问，原来是他媳妇收工时，偷偷带回一把。队长认为娘儿俩的行为，败坏了他的名誉，一巴掌打在闺女的脸上。闺女"哇"的一声，哭了半截，就不哭了，一颗花生豆卡在她的气管里。

队长家的院里，放着一只小木匣子，木匣周围立着几个乡亲。队长夫妇不忍看闺女出门，躲在屋里低声哭泣。黑暗中，谁说：

"钉盖吧？"

"钉吧。"

正要钉盖，"等等。"闺女的姥姥拐着小脚，从厨房屋里走出来。她一手端着油灯，一手攥了一把锅灰，俯身把那锅灰抹在闺女的脸上……

"你，你这是干什么？"我把她一搡，愤怒地说。

她也流着泪说：

"这闺女是短命鬼儿。这么一抹，她就不认识咱了，咱也不认识她了，免得她再往这里转生。"

那天黑夜，我提着一盏马灯，乡亲们抬着那只小木匣

花生之送葬

庚子秋

現煇

子，把一个早逝的、不许再"转生"的生命，埋葬在村北的沙岗上。

一连几天，队长就像疯了一样，不定什么时候，猛地吼一声：

"我瞒产呀！"

"我私分呀！"

"我……"

可是，一直到我离开梦庄，一粒花生也没私分过。

现在，我和梦庄的乡亲们，仍然保持着来往。每年花生下来，他们总要送一些给我。我看着他们送来的花生，心里很是高兴，庆幸他们终于结束了"吃油不吃果，吃果不吃油"的时代。

可是，每当吃了他们的花生，晚上就要做梦。梦见一个女孩子，满脸锅灰，眼巴巴、泪汪汪地向我走来。我给她花生，她不要，只是嚷：

"叔叔，给我洗洗脸吧……给我洗洗脸吧……"

我把梦中情景，告诉了老伴，老伴说：

"那个女孩子，就是队长的闺女。你把这个梦，跟队长说说吧，让他买一些纸，给孩子烧烧。"

我是唯物主义者，当然没有那么做。但是我却希望那个受了委屈的小魂灵，回到梦庄去，让梦庄的人们都做这样一个梦。

# 老　路
## ——梦庄记事之二

　　队里的那头黄牛不行了，别说干活，路也走不动了。中秋节的前几天，队委会决定杀掉它，给社员们分一点儿牛肉。

　　可是，队委会决定这件事的时候，指导员老路没有点头，也没有摇头。在生产队里，指导员是一把手，他的态度暧昧不明，别人不好下手。一天晚上，队长让我去问问他，那头牛到底杀不杀，要杀，几时杀。

　　老路五十多岁，矮个子，黑胖子，说话没有标点符号，人们都有些怕他。但他和我十分友好，有时甚至形影不离。他整人时，需要我写定案材料；他挨整时，需要我写检查材料。他说我是他的"私人秘书"。

　　来到他家，他刚刚吃过晚饭，正在屋里听"小喇叭"。我问：

　　"老路，那头牛，到底杀不杀？"

"顾不上顾不上顾不上！"

他很烦躁。看那表情，听那口气，似乎是不想杀，不忍杀，又似乎是确实顾不上杀。——当时，阶级斗争吃紧，白天黑夜忙着专政。

我望着他的脸色，报告牛的近况：它不吃草了，不喝水了，一天比一天瘦下去了……他直着眼睛，正在踌躇，院里忽然响起一阵紧急的脚步声：

"路大叔，他跑啦！"

两个民兵的声音。

"谁？"

"路大嘴！"

"快去捉快去捉！"

两个民兵答应着，去了。

路大嘴是个富农分子。有一天，两个孩子当着老路把他一指："他说反动话来！"于是，老路就忙起来了：攻心，审讯，批判，斗争。路大嘴身上脱了一层皮，老路熬红了两只眼。

老路红着眼，挽挽袖子，紧紧腰带，已经进入了战斗的状态。我赶忙问：

"老路，那头牛……"

院里，又响起了紧急的脚步声：

"路大叔，捉住啦！"

"押到老地点！"

老路说着，脚一甩，甩掉了两只粗布鞋，换上一双大头皮鞋。那皮鞋很破旧，很笨重，鞋底上钉着几块铁掌。——那是"清队"刚刚开始的时候，他从旧货摊上买来的。他说，穿上这种鞋，不但能直接地打击敌人，光是那咯噔咯噔的响声，也能起到震慑敌人的作用。

生产队办公室里，一张桌子，一把椅子，五百度的电灯泡子。路大嘴低着头，站在中央，其他七个四类分子站在两旁——一人犯事，七人受株，这是老路一贯的政策。

老路坐定，审讯开始了：

"路大嘴！"

"有。"

"你为什么要跑？"

"我……"

"说！"

"我怕挨打……"

"放屁！"

老路一拍桌子，猛地站起来了。路大嘴赶忙改口说：

"思想反动。"

咯噔，咯噔，咯噔，老路倒背着手，围着路大嘴转了三遭，又问：

"路大嘴！"

"有。"

"你还跑不跑？"

"不跑了。"

"你还想跑不想跑？"

"不想了。"

"放屁！"

"想。"

"我叫你想！"老路大喝一声，一脚踢在路大嘴的胯上。路大嘴个子高，噗通一声，很像倒了一堵墙！

接着是四个项目：

请罪。——向毛主席请罪。

驮坏。——背上压三个坏，站两个小时。

互相帮助。——八个四类分子，互相打耳光子。

罚跪。——不是跪在地上，而是跪在墙头上。

做完这些事，已是后半夜了。我没有忘了队长的委托，又问：

"老路，那头牛，到底杀不杀？"

没有回答。他望着天上的星星，站了很久，咯噔，咯噔，咯噔，走到院子东头的牲口棚里。饲养员睡熟了，他没有惊动他，悄悄地蹲在牛卧处。夜暗中，他伸长脖子，努力地看它；看了一阵，伸出手来轻轻地摸它。摸它的角，摸它的嘴，摸它的背……摸了一阵，一滴冰凉的大泪落在我的手上：

"不杀。"

"养着？"

"不，咱另想办法。"

早晨，社员们上工的时候，老路把牛牵到院里，让电工在牛腿上装了一根电线；电线的另一头，接在办公室里的灯口上。安装好了，他阴沉着脸，问大家：

"谁拉电门？"

"我拉。"一个青年说。

他瞅定他，问：

"你拉？"

"我拉。"

"我记得，你还是个'五好社员'哩，是吧？"

"是呀，我当了三年'五好社员'啦。"

"你好个蛋！"他猛地抬高嗓门，指着那头牛说，"它，给咱干了二十年活啦，你他妈的有一点儿人心没有？"

那青年低下头，不敢辩驳。

"谁拉？"又问。没人言声。

"路大嘴来了没有？"

"那不是。"一个社员朝墙头上一指，路大嘴还在那里笔直地跪着。

"下来，你拉电门！"

路大嘴从墙头上爬下来，一拉电门，那牛扑腾倒下了。老路赶紧闭上眼，皱紧眉，念咒似的对着牛说：

"不怨你，不怨我，都怨路大嘴这个坏家伙……"

"指导员，是你叫我拉的呀……"

路大嘴话没说完，啪啪啪！挨了三个大耳光："我叫你死，你也死呀？"

牛死了。但是谁也不敢开剥，更不敢再提分牛肉的事。那牛躺了三天，埋了。

这件事已经过去十几年了，可到现在我还常常想起那个杀牛的场面，常常想起那个"咯噔、咯噔"的声音。我一直想不明白，老路那样一个人，对牛，为什么那么爱，那么善，那么钟情？最近，临济寺来了一位老僧，我便向他请教。那老僧很有学问，儒、释、道，俱通。他听了这件事，闭着眼睛想了一下，说：

"人之初，性本善。路公亦然。"

可是，对人，为什么那么冷酷，那么残暴呢？据我所知，县、社、队，当时的哪一级领导，也不曾指令他买那么一双大头皮鞋呀。

# 干　姐
## ——梦庄记事之三

　　梦庄的媳妇有一个共同的特点：嘴臊。用今天的话说，就是语言不美。她们在一起干活的时候，或是奶着孩子在树凉里休息的时候，不是谈论哪个男人拈花惹草，就是谈论哪个女人招蜂引蝶。更有甚者，竟然赤裸裸地褒贬自己丈夫身上的东西。她们的丈夫并不在意，她们的公公婆婆也不责怪她们。于淑兰的婆婆曾经笑呵呵地对我说过这么一段话：

　　"我年轻时，嘴更臊。这是我们村的风俗，老辈子的流传。如今，我老啦，淑兰成了我的接班人儿啦，哈哈哈哈……"

　　在梦庄，于淑兰是个引人注目的媳妇。从外表看，她和她的婆婆大不相同。她很年轻，很俊俏，也很文静。尤其是走路的时候，下巴微微仰起，眼睛望着天，给人一种高不可攀的感觉。平时，她不爱说话，可是只要一开口，就是一颗"炸弹"。

她头一次和我说话，就是一颗"炸弹"。

那是一天上午，我和一群女社员在村南的麦地里撒化肥，想方便方便，就向远处的坏垛那里跑去。于淑兰尖着嗓子，忽然叫了一声：

"站住！"

我站住了。

"干什么去？"

我没理她。

"尿泡，是不？"

哄的一声，她们笑了。

"到底是城里的学生呀，真文明。"别人都笑，她不笑，一边干活一边说，"这里又没姑娘，净媳妇，我们什么没有见过？尿个泡，也值当跑那么远？想尿，掏出来就尿呗！"

麦地里，叽叽嘎嘎笑成一片，她们似乎得到了一种满足。

一个玩笑，一扫那种高不可攀的感觉。休息时，我凑近她说：

"你说话真粗。"

"可不是，我们吃的饭粗，说话也粗。"

"你们这样儿，男人不生气？"

"梦庄的男人都比女人老实。"

又是一片叽叽嘎嘎的笑声。

开始，我对这些女人曾经产生过一些猜疑。言为心声，莫非她们的作风下流？后来一了解，不是，她们冰清玉洁，品行端正，一个个都是好媳妇。

也许，梦庄的日子太枯燥了，她们喜欢谈论那些男女之事，就像我拉二胡，也是一种消遣，一种娱乐？

我猜对了。一个下雨的晚上，我在屋里正拉二胡，听见窗外有一种奇怪的响声。那声音一阵比一阵的繁乱，一阵比一阵的稠密，像是雨点儿击打着各种不同的东西。我开门一看，只见院里站着八九个社员，有的打着雨伞，有的戴着草帽，有的头上顶了一个簸箕。他们伸长脖子，一动不动地注视着我的窗口。雨水淋湿的脸上凝结着各式各样的笑容……我被他们的精神感动了，忙说：

"进来吧，进来吧。"

"不啦，不啦。"

他们讪笑着，似乎有点儿不好意思，踩着泥水散去了。

于淑兰没有走，她像一个天真的姑娘，一蹦三跳地来到我的屋里。她用一种好奇的眼光，看着那把躺在炕上的二胡：

干姐之雨夜琴声

現輝

"这就叫胡胡儿？"

"叫胡琴。"

"我拿拿它，行吗？"

"行，拿吧。"

她小心地拿起那把二胡，在手里掂了掂，立刻又放下了，很怕"拿"坏似的。我看她十分稀罕这件东西，就说：

"你拿吧。"

"不拿了，你再拉一个吧？"

"你喜欢听什么？"

"《天上布满星》吧？"

我又拉起来了。她侧身坐在炕沿上，眼睛盯着我的手指，听得十分认真。我拉完了，她好奇地看着我，就像刚才看二胡：

"你有这种手艺，怎么还到我们这个野地方来？"

"这不算什么手艺。"我说，"我们下来，锻炼来了。"

"多苦！"

"不苦。"

"多孤。"

"不孤。"

"你认了我吧？"

"认你什么？"

"干姐姐！"

我抬起头，望着她那一双亲切的眼睛，心里升起一种难以名状的感情。在异乡，在举目无亲的异乡，一个年轻的女人，愿意和我亲近，我感到很温暖，很幸福。她虽然只是想做我的干姐，而不是别的。

我说行。

"那你叫我一声。"

"干姐姐。"

"不行，去了'干'字。"

"姐姐。"

"哎。——弟弟。"

我干笑着，没有答应。

"答应呀！"

"哎。"

她高兴极了，以姐姐的身份，对我做了许多嘱咐。她说，村里的日子苦，干活悠着劲儿，要好好保护手指头；又说，衣服脏了，不要自己洗，拿给她。她一遍又一遍地嘱咐我，好好钻研拉胡胡儿，钻研出来有前途……

从此，在梦庄，我有了一个亲人。

她不是我的干姐，是亲姐。

那年秋天，我得了重感冒，她一天不知来几趟。她像我的亲姐姐一样，服侍我吃饭、吃药、喝水。最使我难忘的是，每当乡亲们来看我的时候，她总是以亲属的身份表示感谢：

"唉，让你们结记他。"

一天晚上，她又来看我。她一见我，吃惊地叫了一声：

"哎呀，怎么脸肿啦？"

"牙疼。"我说。

"哪边的疼？"

"左边。"

"等着！"

她走了。不一会儿，拿来一颗"独头蒜"。她把蒜捣碎了，抹在我左边的脸蛋上。

"还疼吗？"

我疼得冒泪花儿。

"等着！"

她又走了。不一会儿，拿来几个花椒，让我咬住一个，咬紧。

"还疼吗？"

我疼得直哼哼。

"哎呀，别哼哼了，想想李玉和！"

我真的想了一下李玉和。

"怎么样？"

"不顶事。"

"那，我给你讲故事吧？"

我未加可否，继续哼哼着。

她坐在炕头上，给我讲起故事来。她没有什么好故事，不是哪个男人拈花惹草，就是哪个女人招蜂引蝶，有真事，也有演绎。奇怪，听着她的故事，似乎减轻了一点儿病痛。

"好些吗？"

"好些。"

她高兴，滔滔不绝地讲起来。最后一个故事最精彩，很像一个谜语。她说，从前有个媳妇，结婚三年了，不生育。有一天，姑嫂对话："嫂子，你两口儿不呀？""不不呀。""不不怎么不呀？""不不还不哩，要不更不啦。"她让我猜，其中的每一个"不"字，代表什么意思？

我努力猜着，牙，一点儿也不疼了。

一连几天，她和她的故事，伴着我战胜了疾病。

我能做饭了。

也能下地干活了。

晚上，我的小土屋里，又响起了二胡声。

一天，我们在青纱帐里掰玉米，我悄悄地对她说：

"姐姐，我猜着了。"

"猜着什么了？"

"猜着那几个'不'字了。"

她一怔，两眼直直地望着我，好像不认识我。望了一会儿，突然说：

"我白操了心了！"

她很生气，咔、咔地掰着玉米，向前走去。我赶上她说：

"姐姐，你怎么了？"

"你，小小的年纪，城里的学生，怎么变得和我一样了？你光用这种心思，怎么钻研拉胡胡儿？"

"那天晚上，不是你让我猜的吗？"

"那天晚上，你不是牙疼吗？"

从此，她和我疏远了，再也不到我的小土屋来了。

我几次约她，她总说没工夫。

我很孤独，陪伴我的只有二胡。

真没想到，那年冬天，在全县的文艺汇演中，我的二胡独奏得到了领导的赏识，让我到文化馆当"合同工"去。在离开梦庄的前夕，干姐突然来了，我含着眼泪叫她：

"姐姐！"

"你几时走？"她问。

"明天。"我说。

她坐在炕沿上，我也坐在炕沿上。她侧着身望着我，我侧着身望着她。我们中间躺着那把很旧的二胡。沉默了很久，她噙着泪花儿笑了说：

"走吧，你到底拉出来了……"

为了保护我的手指头，她送给我一副驼色的毛线手套。

一晃十几年过去了，我再没有见到她。

十几年中，按照她的嘱咐，我一直坚持拉二胡。

我拉二胡没有别的幻想，好像只是为了她的嘱咐。

我学会了不少曲子，但是每当拿起二胡，我总要先拉一拉那首过了时的《天上布满星》……

# 定　婚
## ——梦庄记事之四

　　这几年，每当我参加年轻人们的婚礼的时候，每当我听到谁家弟兄之间、妯娌之间，为了一点儿物质利益而发生纠纷的时候，我不由就想起了十几年前，我在梦庄插队时，王树宅定婚的情景；不由就想起了树宅的弟弟树满和那个叫小芬的姑娘——另外一对恋人。

　　我得声明，我并不喜欢那个年代，更不留恋那个时代。然而也许正是因为这件事情发生在那个我所不喜欢的时代里，我才觉得那四个青年，就像是黑夜里的四颗小星，时时在我记忆中闪烁。

　　我记得，树宅是在那年秋天定婚的。乡亲们割着谷子，掰着玉米，高兴地传播着这个消息。我知道，大家高兴，不仅是为了树宅，也是为了树满。

　　树宅和树满是我在梦庄结识得最早的两个朋友。我们下乡时，就是树宅和另外一个车把式，赶着两辆大车，把我们从县城拉到梦庄的。他的个子黑粗傻大，满脸黑胡楂子，头上箍着一块油渍麻花的羊肚手巾。一上车，我们都叫他"大伯"。他立刻红了脸说：

"别这么叫，我今年二十七啦。"

我们那一车人，对他的年岁和模样发生了兴趣，都问：

"你真的二十七啦？"

"这还有假？"

"结婚了吗？"

"没。"

"有对象了吗？"

"也没。"他苦笑着摇摇头说，"我不行，我没吸引力。树满行，他是中学生，他有吸引力。"

"树满是谁？"我问。

"我弟弟。他行，他是中学生。"他说着，得意地甩了一个响鞭儿，两头骡子意气风发地奔跑起来。

显然，他很爱树满。

树满是他心中的骄傲。

到了梦庄，我很快就认识了树满，很快就和他混熟了。

树满比树宅小五六岁，只上过一年中学。不知是什么原因，他长得清清瘦瘦，并不漂亮，但姑娘们确实喜欢

定婚之後相識之青年 庚子秋

現卿

接近他。他呢，对姑娘们却一律地疏远，一律地冷漠。锄地时，他占哪一垄，姑娘们就去占挨近他的那几垄；姑娘们刚刚占好垄，他便离开了，去占别一垄。拉车时（那时队上牲口少，主要是靠人拉车），他把绳子拴在大车的左边，姑娘们也把绳子拴在大车的左边，姑娘们刚刚拴好绳子，他便解下自己的绳子，拴到大车的右边去。渐渐，姑娘们也和他疏远了，背地骂他是个"石头人儿""木头人儿"。村里的赤脚医生偷偷对我说，树满这家伙，大概是个"二妮子"吧？

姑娘们和他疏远了，唯有小芬，对他一直很痴情。小芬那年二十一岁，高高的个儿，粉嫩的脸皮儿，一年能做三百多个劳动日。不少人给她提亲，她都回绝了，偏偏恋上了树满。树满常到我的小土屋里闲坐，小芬也常来串门儿。但是，哪次谈话也不投机。小芬说，房村明天演电影；树满则说，村西生了棉铃虫。小芬说，谁家小子结婚了；树满则说，谁家死人了。一天黑夜，我们正在一起闲谈，外面忽然下起雨来。树满要走，我给了他一把雨伞。小芬也说要走，树满便把雨伞朝她手里一塞："给你给你给你给你！"飞快地跑走了。

小芬气得背过身，望着窗，抽抽搭搭地哭起来。

我对树满的做法十分不满。哄走小芬，我把他找回来，狠狠地挖苦他，数落他。我说，树满树满，你太冷酷了，你太薄情了，你生理上莫非真的有毛病？你莫非真的是个"二妮子"吗？"胡说！"他火了，红着脸解开裤带，要让我检验。我拦住他，进一步数落他。我说树满你太高傲了，小芬这个姑娘，多么好，哪一点儿配不上你？我又问，你到底爱不爱她？你要不爱，我就托人给她介绍对象了，你可不要后悔。

他低着头，不作答。过了好大一会儿，才说：

"你不了解我的家庭情况。"

我看见，他眼里闪着泪光。

"什么情况？"我问。

他说：

"我九岁上，父亲就死了，母亲把我拉扯大，全凭哥哥帮着。哥哥很不容易。现在，他二十七了，还没定婚，我怎么能走在他的前头？"

停了一下，又说：

"农村的风俗，你不懂。哥哥不定婚，弟弟要是先定了婚，哥哥的事就更难办了。爱，我还不能。"

"可是，你也是二十多岁的人了啊！"我说。

"不慌，我不慌。"他说。

我望着他那清瘦的、平静的面孔，心里一颤，差点儿掉下泪来。我不知道他的想法和做法，是一种先人后己的美德，还是一种守旧的、愚昧的苦行？

树宅要定婚了，我和乡亲们一样的高兴。我高兴，不仅是为了树宅，也是为了树满。

一天黑夜，我坐在我的小土屋里，拿起二胡，拉起一支喜庆的曲子。我正拉着，树满来了，对我说：

"我哥要定婚了。"

"晓得。"我问，"哪村的姑娘？"

"房村的。"他从口袋里掏出一片纸，展开，放在我的小桌上，"请你做个中证人吧。"

那片纸上写着这样几行文字：

　　　王树宅家有房屋三间，院内院外共有大小树木一十三棵，王树宅结婚后，家中房屋及树木均归王树宅一人所有。空口无凭，立字为证。

立字人

中证人　　路继申

我看懂了，这是一个字据。

路继申，是树宅和树满的舅父。

这个字据，剥夺了树满的一个很重要的权利！

我把桌子一拍，大声说：

"我不做，我不做！"

"做吧。"树满对我笑了一下，依然很平静，"没有这个字据，人家就不定婚，那就苦了我哥。"

"可是，你哩？"我担心地望着他说，"你今后的日子怎么过？"

"我不要紧。"他又笑一下说，"我年轻，有力气，革命胜利了（指'文化大革命'），我还不能为自己盖两间房子吗？"

我被他的真诚感动了，被他的平静征服了。我拿起笔，忽然想到一个常识问题：中证人一般需要两个人做，另一个请谁做呢？

"我做。"我话音刚落，门一响，小芬进来了。她的眼圈微微发红，脸上却挂满着笑。

我一见她，心里十分难过。我指着那片纸说：

"小芬，你晓得这是什么？"

"晓得。"她仰着脸儿，淡淡一笑说，"三间房，几棵树。写吧，中证人，你，我。——树满，我能做吗？"

树满怔了一下，望着我说：

"她不能做。"

"我怎么不能做？"小芬也望着我。

"能做，能做。"我高兴地说，"你做最有力量了。"

"什么话！"他们把脸儿一沉，一齐望着我：

"我怎么有力量？"

"她怎么有力量？"

他们照我背上打了一拳，同时骂了我一声"坏家伙"。

我呵呵地笑着，在"中证人"的后面，签上了我和小芬的名字。——她在前，我在后。

签好名，我们三个反常地快活。

树满举起那个字据，发表宣言似的说：

"今天，我成了一个真正的无产阶级了！"

"那得庆贺庆贺！"小芬说。

"怎么庆贺？"树满说。

"我们唱个歌儿吧？"我说。

"行，唱个歌儿吧！"树满、小芬一齐说。

我们拍着手，欢笑着，唱了一支当时很流行的"文化大革命就是好、就是好"歌儿。


九月里，树宅定婚了，很顺利。

树满和小芬的行动，感动了大队干部。那年征兵时，大队干部让树满当了兵。——那时不像现时，当兵是很难很难的事。

树满和小芬的行动，也感动了他们的兄嫂。据说，嫂嫂坐月子时，把小芬叫去了，让小芬替她做双鞋。小芬拿着鞋样儿回到家里，在灯下一看，感动得泪如雨下。

原来，那鞋样儿，是用那"字据"铰的。

# 离　婚
## ——梦庄记事之五

　　我在梦庄待了十年，只见过结婚的，没见过离婚的。梦庄的老人们自豪地对我说：

　　"离婚？自从盘古开天地，梦庄没有这个例！"

　　这不是大话，是真的。

　　梦庄的男人们没有闹离婚的。媳妇不好，打、骂、拧、掐，都可以，但是绝不离婚。即使媳妇做了那伤风败俗的事儿，也不离婚。"离婚？那是我花钱娶的！"他们说。

　　梦庄的女人们也没有闹离婚的。她们受了丈夫的气，不用人劝，自己就能劝导自己："唉，他还年轻哩，老了就好了。"她们受了婆婆的气，也不用人劝，自己也能劝导自己："唉，婆婆能跟几天哩，婆婆死了就好了。"她们能忍，也能熬。

　　可是，就在我离开梦庄的前一年，梦庄却发生了一个离婚案件，那便是路老白夫妇。——这是我所没有想到的事。

路老白那年二十八岁，农历五月结的婚。新媳妇叫乔姐，和他同岁，小何庄的老闺女。虽是老闺女，人样儿并不老，白生生、笑盈盈，干活很麻利。老白做梦也没想到，他能娶这么一个媳妇。结婚前，他下了半月的工夫，天天蹲在村口上，看那些十八九岁姑娘们的打扮装束。十八九岁的姑娘们穿什么衣服，就给乔姐买什么衣服；十八九岁的姑娘们穿什么鞋袜，就给乔姐买什么鞋袜。结婚后，更是知冷知热，傻亲傻亲。夫妻同桌吃饭，总是蒸两样儿干粮：一样儿山药面的，一样儿玉米面的。乔姐爱吃豆腐，老白就用麦子换了一些黄豆，卖豆腐的梆子一响，他就挖上一碗黄豆，赶紧去换豆腐。吃饭时，你从他家门口路过，常常听到这样的对话：

"你吃吧，你吃吧，你吃吧！"

"你吃吧，你吃吧，你吃吧！"

夫妻相亲相爱，但也潜伏着矛盾。据传，结婚的五天头上，他们的矛盾就显露出来了。

那天早晨，乔姐洗过脸，梳好头，对老白说：

"喂，咱们进趟城吧？"

"进城干什么？"

老白一愣。他长这么大，从没进过城，也没想到要进城。乔姐说：

"照个相去。"

"不照不照。"老白急说，"照相吸血，伤身体。"

"没有的事。"乔姐换了一身新衣裳，兴致很高，"照相怎么会吸血呢？不吸血，不伤身体。"

"照去？"

"照去。"

"怎么照？"

"肩膀儿挨着肩膀儿照。"

"唉——"老白摇摇头，咧着嘴笑了，"天天挨着睡觉哩，照什么相？算了。"

相没照成，乔姐很不高兴。经人指点，老白知道自己错了，便天天给她换豆腐吃。

到了六月，矛盾有了发展。一天中午，乔姐收工回去，对老白说：

"喂，大队买了电视啦。"

"什么叫电视？"老白问。

"一个小匣子，北京唱戏能看见。"

"那叫千里眼。"

"不，叫电视。"

"叫千里眼。"

"叫电视，不信你去打听打听。"

老白一打听，果然叫电视。

村里有了电视，乔姐在家待不住了，每天晚上去看。开始，老白和她做伴儿看。可是看不多久，老白就打哈欠、流眼泪，不看了。

老白不看了，她自己看。可是看不多久，老白便来找她，找不到，便叫："乔——姐——回家睡觉！"惹得满院子人哄哄地笑。

乔姐扎着头，只好跟他回去。

一次两次，三次五次，乔姐顺从了他。到后来，乔姐开始反抗了，他一叫，她便说："不回去！讨厌！"满院子人又是一阵哄笑。

乔姐不回去，老白也不回去。他站在大队门口，过一会儿叫一声，过一会儿叫一声，叫魂儿似的：

"乔——姐——回家睡觉！"

"乔——姐——回家睡觉！"

老白的做法，乡亲们实在看不下去了。让我去劝劝他。一天黑夜，我来到他的家里，他正蹲在猪圈沿上生闷气。

"老白哥，大嫂哩？"我问。

"那不是。"他朝房上一指。

我抬头一看，房上坐着几个妇女，一边乘凉，一边谈笑。

"天天这样，天天这样！"老白黑着脸说，"不看电视，就闲扯。什么沙奶奶、李奶奶，什么西哈努克来了，西哈努克走了。你说，放着觉不睡，扯这些干什么？"

我说，这不能生气。每一个人都有自己的爱好，都有自己的兴趣。

他说，她有她的兴趣，我有我的兴趣！

我说，你得学会做丈夫，学会爱。

他说，爱不爱，你问她。结婚不到两个月，我叫她吃了多少豆腐？

他越说越气，仰起头粗声问：

"乔姐，你下来不下来？"

"不下去，凉快哩。"乔姐在房上说。

几个妇女见势不好。都劝乔姐：

"睡觉吧，明儿再歇。"

"我不想睡觉。"乔姐故意地说，"我歇到明儿早起了。"

老白急了，顺手拿了一个镢头，要上房。我问他干什么，他说：

"我刨房顶子呀！"

我赶忙拦住他，劝了几句，走了。

到了七月，他们的矛盾终于尖锐化了，明朗化了。

上旬。乔姐住了几天娘家，回来一看，老白摔了七八个饭碗！

中旬，乔姐的妹妹结婚，她又住了几天娘家。回来一看，老白砸了一口铁锅！

下旬，开始吵架了。吵架常常是在夜里，谁也不知为什么。一天黑夜，几个小子（也有我）潜伏到他的院里去偷听。等到半夜，终于吵起来了。他们吵得很急，但是嗓音很低，吵什么，听不清。一会儿，屋里灯亮了，窗纸上映出一个惊心动魄的特写镜头：老白左右开弓，呱唧、呱唧、呱唧，自己打着自己耳光，急怪怪地嚷叫着：

"娶媳妇为吗？"

"娶媳妇为吗？"

"娶媳妇为吗？"

乔姐也嚷起来，嗓音也很尖锐：

"寻男人为吗？"

"寻男人为吗？"

"寻男人为吗？"

他们到底为什么吵架，一直没有听清楚。

早晨，他们打起来了。

他们打得很凶，抓脸，揪头发。

乡亲们听说了，都来劝解，但是谁也劝不下。

他们就像疯了一样，跳着脚，拍着胯，一人咬住一句话：

"娶媳妇为吗？"

"寻男人为吗？"

"娶媳妇为吗？"

"寻男人为吗？"

正吵得凶，支书来了：

"老白，你少说一句！"

支书不仅是支书，辈儿也大，他们该叫"爷爷"。

老白不吵了。

乔姐也不吵了。

支书撇着八字胡，一人看了他们一眼，十分严肃地说：

"不像话，太不像话！全国人民都在抓革命促生产，你们打架！老白，你说吧，你们还过不过？要不过了，离婚，我给你们办手续！"

一听离婚，老白软了：

"我，我没说离婚。"

"你不离，我离！"乔姐脸色苍白，大声说。

支书一惊，似乎也软了：

"你离？"

"我离！"

"老白叫你吃得乍古？"

"不乍古。"

"老白叫你穿得歨古？"

"不歨古。"

"这不得啦。"支书说，"吃得穿得不歨古，离什么婚呀？"

乔姐正想说什么，支书叫：

"老白！"

"听着哩。"

"你也不是好东西！"

"我是不是好东西。"

"往后还打媳妇不？"

"不打啦。"

"一会儿对着毛主席像，表个决心。"

"行，表个决心。"

梆、梆、梆，听见街上梆子响，支书赶紧结束了自己的讲话：

"得啦得啦，做饭吧。老白，换豆腐去。"

那天，老白换了很多豆腐。

乔姐没有吃饭，找到大队要离婚。

大队征求老白的意见，老白坚决不离婚。

于是大队给他们办了个学习班，让他们"团结起来，争取更大的胜利"。

乔姐不找大队了，直接找到公社里。公社秘书了解一点儿他们的情况，竟然也是那几句话：

"老白叫你吃得乍古？"

"不乍古。"

"老白叫你穿得乍古？"

"不乍古。"

"吃得穿得不乍古，离什么婚呀？"

"跟着他不自由。"

"怎么不自由？"

"看个电视也不叫。"

"那是对你有感情。"

"晚上歇凉儿也不叫。"

"那也是对你有感情。"

"我住了几天娘家，他就砸锅、摔碗。"

秘书忍不住，哈哈笑了：

"那更是对你有感情啦。"

"有感情，你跟他过去吧！"

乔姐走了。

乔姐谁也不找了。

乔姐夹了个小包袱，一去不回头。

乔姐的行动，引起了梦庄老人们的反感。他们拄着拐棍儿，站在街上骂了好几天：刁妇，野种，看你到哪儿吃豆腐去！

乔姐的行动，在梦庄的妇女中却产生了深远的影响。据说，到今天，她们在和丈夫吵嘴的时候，还常常使用乔姐那句话：

　　"寻男人为吗？"

　　"寻男人为吗？"

　　"寻男人为吗？"

　　男人们听了，都有点儿害怕。

# 梁 小 青

## ——梦庄记事之六

最近，文化馆要举办一次声乐训练班，为工厂、企业培训一批业余歌手，开班的前一天，馆长来请示我：农村青年要不要？我说不要，因为下半年，我们还要举办训练班，专门培训农村的文艺人才。馆长听了，作难地笑了笑，告诉我：今天来了一个农村姑娘，非要参加这次训练班不可。她说，她爱好文艺，唱歌、跳舞、演戏，她什么都爱；又说，她是"万元户"，只要收下她，她可以拿学费。要是不收，她就不走，行李都带来了。馆长问我怎么办。

"她有多大年岁？"我问。

"二十一二岁。"馆长说。

"哪村的？"

"梦庄的。"

一听是梦庄的，我的耳边立刻响起一个遥远的歌声。

我说：

"明天让她参加试唱吧，听听再说。"

馆长答应了。这一天，无论做什么事，我的耳边总是响着那个遥远的歌声……

那一年的冬天，冷得怪，一场大雪封了路，半月没有消开。我们几个插队青年没有事做，每天聚在我的小土屋里打扑克牌。一天下午，我们正打牌，一个同伴忽然说：

"听，有人唱歌！"

仔细一听，果然有人唱歌。那歌声很轻，很嫩，一会儿飘到窗前，一会儿绕到屋后，仿佛是故意让我们听的。

我们住了手，所有的眼睛一齐望着窗口，认真地听。

真的，自从到了梦庄，我们从未听到这样的歌声。在我们的印象里，梦庄最大的一个特点，就是静悄悄、静悄悄。静悄悄的田野、树木，静悄悄的街道、房屋，静悄悄的太阳、月亮。早晨，一两声长长的牛叫，晚上，几个卖豆腐的梆子声，是这里唯一的音乐。在这样的雪天，我们听着那轻柔的、飘忽不定的歌声，就像是在无边的沙漠里，忽然发现了一片绿荫、一股清泉……

那歌声停止了。我开门一看，只见门前的槐树那里，站着一个小姑娘。那姑娘不过七八岁，穿一件大红袄，在雪地里显得十分耀眼。她看见我，朝树后一躲，歪着头冲我笑。我向她招了招手，把她叫到屋里问：

梁小青 庚子秋

現輝

"小姑娘，你叫什么名字呀？"

"我叫梁小青。"她认生地望着我们说。

"这样冷天，跑出来干什么？"

"想和你们玩，又不敢。"

我们都笑了，她也笑了。我又问：

"你想怎么玩？"

"你们城里人，一定会唱歌吧？"

"想跟我们学唱歌？"

"行吗？"

"行呀，你得先唱一个。"

"唱一个就唱一个。"她歪着头想了一下，说，"唱个《绣手绢》吧？"

"行。"我们说。

她唱起来了。唱的是民歌曲调：

一条手绢绣得新，

上绣着日月并三春。

哎咳哎咳哟，

上绣着日月并三春……

她唱完了，我们一齐拍着手说：

"小青，你的嗓子真甜呀！"

"我们村的姑娘嗓子都甜——我们村的水甜！"

说完，她又唱了几支歌：《正对花》《反对花》《十把小扇》《二十四糊涂》……全是些古老而又新鲜的民歌。我望着她那红润的灵巧的小嘴儿，惊奇地问：

"小青，这些歌是谁教你的？"

"我爹。"

"你爹也会唱歌？"

"会呀，我爹蹬过高跷，蹬高跷的都会唱歌。"

"现在他还唱歌吗？"

"唱呀，偷偷地唱，他还编了新歌哩。"

"你唱唱，我们听听。"

她又唱起来了，仍然是民歌曲调：

说了一个穷，

道了一个穷，

老汉辈辈都受穷。

走得慢了穷赶上，

走得快了赶上穷；

不紧不慢朝前走，

一脚迈到了穷人坑。

穷人坑里有个穷人庙，

穷人庙里有个穷神灵。

穷得香炉两条腿，

穷得神桌上净窟窿，

穷得小鬼咧着嘴儿，

穷得判官瞪着眼睛。

判官小鬼没事干，

养了一窝穷马蜂。

穷马蜂，飞西东，

蜇着谁了谁受穷。

咿儿呀儿哟……

她唱完了，同伴们一齐大笑起来。我忍着笑说：

"以后不要唱这个歌了，你应该唱些革命歌曲。"

"你教我吧？"

"行。"我说。

从此，她经常来找我玩儿，我教了她许多革命歌曲。于是，上学下学的路上，每天飘起了她的歌声；冬天拾柴火，夏天采木耳，沙滩上的树林里也飘起了她的歌声。

她高兴地唱着，后来又爱上了戏曲——那是因为大队买了电视机。几出京剧，不知看过多少遍了，还是看。一天晚上，正播《红灯记》，突然停了电，急得她跳着脚喊：

"点着蜡演！点着蜡演！"

那天晚上一直没有来电。回家的路上，她走得很慢，一句话也不说。走着走着，她忽然站住脚，抬头望着我说：

"叔叔，你看我能演铁梅吗？"

"你不能。"我不客气地说。

"铁梅住在哪里呢？"

"住在北京。"

"她拾柴火吗？"

"不拾。"

"她吃高粱饼子吗？"

"不吃。"

"她的嗓子那么好听，她净吃什么呀？"

"净吃细粮。"

"等着吧！"她说，"等我不拾柴火了，等我不吃高粱饼子了，我也能演铁梅！"

朦胧的月色里，她的眼睛很明亮，她的表情很奇特。

她幻想着，追求着。

我牢牢地记住了她的眼睛，记住了她的表情。一天，我仿佛被一种力量驱使着，找到大队支书，建议成立一个俱乐部。那天支书刚喝了酒，正逢高兴，立刻表示态度说：

"行，成立一个就成立一个！"

于是，大队组织基干民兵，拆了村东口上一座庙宇；盖了三间房屋，成立了俱乐部。小青听说了，喜悦非常，积极地参加了俱乐部的活动。

在俱乐部里，她没有演上铁梅，却学会了另外一种文艺节目：枪口对准某某某，杀！枪口对准某某某，杀、杀、杀！

她吃着高粱饼子，背着柴筐，在一片杀声中长大了。

真没想到，现在，她还没有放弃童年的幻想，还在执著地追求。

第二天上午，我在文化馆的小礼堂里见到了她，她长高了，胖了，穿一件华美的淡粉色的连衣裙。那裙子很薄，很轻，一着风吹，浑身就起了波纹，像是能把她吹走似的。我不懂衣料，一个姑娘告诉我，那叫什么"柔姿纱"。

小青穿上了"柔姿纱"，显得更俊俏，更可爱了。她不叫我"局长"，仍然叫我"叔叔"。我问她，村里的俱乐部还有没有活动？她说没有了。我又问，俱乐部的房屋呢？她说被她二伯租了去，开了一个小酒馆。我又问她今天准备演唱什么歌曲，她很自信地说：

"《绣手绢》，行吗？"

我怔了一下，不由得又想起那遥远的民歌，那遥远的雪地。我又问：

"别的呢？"

"《社员都是向阳花》。"

"别的呢，别的呢？"

她还没有回答，馆长宣布试唱开始了。

一个丁东丁东的声音，拖着长长的尾巴，在小礼堂里响起来，那声音颤悠悠的，仿佛来自深山幽谷，湖面井底，很是动听。小青坐在我的身后，悄悄地问：

"叔叔，这是什么东西呀？"

"电子琴。"我说。

紧接着，架子鼓、电贝司、电吉他，一齐响起来了，轰隆隆、丁当当、呜喇喇，音势浩大，震耳欲聋。在电声乐的伴奏里，歌手们演唱着自己最得意的歌曲。他们的唱法十分新奇，像呐喊，像惊叫，像私语，像叹气，各自不同，各尽其妙。至于他们唱了一些什么，我一句也听不清，心里只想着那遥远的民歌，那遥远的雪地……

歌手们一边歌唱着，一边表演着：有的如醉如狂，不能自已；有的若无其事，像是散步。平时，我对这种新奇的表演并没有什么偏见，但此刻，我却紧紧地闭了眼睛。我不想看他们那夸张的动作，更不想看他们那得意的表情——因为在我身后，坐着一个对艺术充满幻想而又十分自信的农村姑娘。

他们唱完了，馆长叫到"梁小青"的名字，但是没有答应。

馆长叫了三四声，仍然没有答应。

她走了。她悄悄地走了。

这是我所料到了的，也是我所没有料到的。

其实，她不该走。她的歌子虽然陈旧，但是比较起来，歌手们的音色、音准、乐感，哪一个也不如她。

她走了，我一直想念着她。

农历七月十五，梦庄庙会，我和工商局的一位同志来到梦庄。我想借检查文化市场的机会，顺便去看看她。

梦庄的大街热闹极了。街道两旁，排满了做生意的车、摊、棚、帐；卖小吃的吆喝声，变戏法的聒噪声，耍猴儿的锣鼓声，响成一片。村东口上更是热闹，村民们用了几块土坯，在当年拆除的庙宇那里搭了一个简易小庙，庙前香客不绝，香烟缭绕。十几个老太太和中年妇女，哗哗地打着扇鼓，正在"跳神儿"。我挤上前一看，只见这支队伍里，竟有梁小青！她仍然穿着那件华美的淡粉色的连衣裙，哼哼地唱着，翩翩地舞着，像一只飞来飞去的大蝴蝶。我生气地叫一声：

"小青！"

"叔叔！"她看见我，立刻向我跑过来，满面笑容地说，"叔叔，你看我跳得怎么样啊？欢迎指导！"

"你，年纪轻轻，怎么也搞迷信活动？"

"这不是迷信活动，这是舞蹈。"

"胡说，这叫什么舞蹈？"

"这叫乡下迪斯科呀！"

说完，她又跑回去，尽情地唱起来、跳起来了。

我呆呆地站着，眼睛有些模糊，满耳一片哗哗的扇鼓声。我听不清她唱什么，看不清她的表情，眼前只有一个华美的淡粉色的连衣裙飞舞飘动着——那确实是叫"柔姿纱"。

# 黑 板 报
## ——梦庄记事之七

梦庄的文化生活贫乏,村里的黑板报却办得很好——过去好,现在也好。

这得归功于西街的黄炳文。

黄炳文是梦庄唯一的高中毕业生。他给我的第一印象,是热情,以后的印象还是热情。他的个子很高大,有一双明亮的、永不疲倦的眼睛;他和你谈话时,总是和你站得很近很近,大分头一颤一颤的,不住地打着手势,像是随时准备拥抱你似的。

据说,炳文回乡后,曾向党支部、团支部写过几次报告,要求村里给他安排一个工作,"为改变家乡面貌发一点儿光放一点儿热"。至于他想干什么,自己也不知道。

他的热情感动了大队干部,准备给他安排一个工作。可是,让他干什么呢?当队长,不行;当会计,也不行。当一个农业技术员或是民办教师吧?大队贫协主席站出来说:

"贫下中农还用不清，干吗要用个上中农？"

于是，团支部和他谈话，勉励他"种田也是干革命"。

后来，"创四好"的时候，上级号召村村办黑板报，占领思想文化阵地。炳文立刻找到团支部，请求承担这项工作。团支部接受了他的请求，便向党支部汇报；党支部同意了团支部的意见，便向公社书记请示。公社书记听了，不耐烦地说：

"这点儿事，也找我？"

"黄炳文是个上中农。"大队支书说。

"上中农怕什么？莫非他敢往黑板报上写反动标语？让他写！"公社书记说。

于是，村里抹了六块儿黑板，成立了黑板报小组（其中也有我），炳文为"临时负责人"。

从此，他把自己的热情完全倾注到黑板报上了，其余事情，一概不想。那年他已二十六岁，媒人给他提过几门亲事，都吹了，他的爹娘十分着急。他却满不在乎地仰着大分头说：

"生命诚可贵，爱情价更高；若为事业故，二者皆可抛。"

他的"事业"就是办好那六块儿黑板报。他很会设计，一块儿写国际新闻，两块儿写国内大事，三块儿写本村好人好事和农业知识。他忙极了，累极了。晚上，翻报纸、找材料、编稿件；中午，戴一顶草帽，在太阳底下写黑板报，流一身汗，弄一脸粉笔末子。起响了，赶紧洗一把脸，喝一瓢凉水，又去下地劳动。

有一天，我望着他脸上的粉笔末子，说：

"炳文，我们这么干，大队是不是该给我们增加几个工分？"

他看了看我，没有言声。

晚上，他以"临时负责人"的身份召开了黑板报小组全体人员会议（共三人），严肃地批判了"工分挂帅"。

通过批判"工分挂帅"，我们的思想更一致了，干劲更大了，一天，炳文站在黑板报前，忽然问我：

"你看，我们的黑板报办得怎么样呀？"

"不错呀。"我说。

"不行。"他摇摇头说，"我们应该办得五颜六色，图文并茂。"

"那好办。"另一伙伴儿说，"从大队支点儿钱，买一些彩色粉笔吧？"

"不，"炳文说，"我们不能伸手向上，我们要自力更生！"

他提议，参加一天义务劳动，到村北的树林里采槐荚儿去。我们两个一齐响应。

那天刮着风，我们带着干粮来到村北的树林里。炳文会爬树，爬得很快，转眼便坐在蓝天上一个树杈里了。风一刮，树枝乱晃，很危险。他毫不畏惧地坐在树杈里，一边采着槐荚儿，一边哼着歌曲，两只脚丫悠荡着，很快乐很自在。我被他的形象鼓舞着，努力向上爬了一截，不由得问：

"炳文，我们这么干，到底为了什么呀？"

"说不清。"他说，"小时候，我最爱听'屋顶广播'——你晓得什么是'屋顶广播'吗？"

"不晓得。"我说。

"我告诉你。"他望着蓝天，像是背诵一首抒情诗，对我说，"那时候，村里没有高音喇叭，国家的政策法令下来了，就靠'屋顶广播'。黑夜里，十几个青年，分散在一个一个屋顶上，放声地喊。领头的端一盏油灯，拿一个文件，他喊一声什么，别人也喊一声什么，一声一声地传下去。那喊声很大，很野，但是很神圣，像是能把整个村子抬起来似的！我的阶级烙印儿虽然不好，可一想起他们那喊声，身上就热乎乎的，自己就想找一点儿事做。你说，他们那是为了什么？"

说完，他放开嗓子，学起那"屋顶广播"：

"老乡们——"

"注意了——"

他高声喊着，另一伙伴儿在林子深处的一棵树上呼应着。听着他们的喊声，我身上也热乎乎的，知道了什么是"屋顶广播"。

那天我们干得很愉快，采了很多槐荚儿。

晚上，在月亮地儿里，我们打出了槐籽儿。

卖了槐籽儿，买了很多彩色粉笔。

有了彩色粉笔，我们的黑板报办得更醒目、更活跃了，识字的看，不识字的也看。

那年冬天，我们的工作引起了县里的重视，县里让我们写了一个材料，印成简报，作为经验推广了。

大队干部看了简报，很高兴，梦庄从未有过这样的荣耀。

炳文不再是"临时负责人"了，团支部任命他为黑板报小组的组长。

他当了小组长，同时得到一个意外的收获。正月里，媒人到邻村给他说亲时，气粗了许多：

"别看人家成分高，在村里可是有差事！"

"什么差事？"姑娘的父亲问。

"当着小组长，管着十来块儿黑板报哩。"为了成全他的婚姻，媒人虚报了好几块儿。

"这么说，他在村里不臭？"

"不臭，不臭，臭了能当小组长吗？"

这门亲事成功了。

这件事一下子轰动了全村。那些由于各种原因对于自己的婚姻大事丧失了信心的青年，受到了很大的鼓舞，看见了光明的前途，纷纷要求参加黑板报小组。炳文因势利导，培养了不少能写会画的人才。

　　梦庄的黑板报办下去了，一直坚持到今天。

　　今年春天，梦庄开展黑板报活动的情况，不知怎么传到了上级宣传部门。上级宣传部门来了一位领导，一定要去那里看看。

　　一天上午，我和领导坐着轿车来到梦庄。一进村，便看见黑板报了。我们下了车，一边走一边看，每一块儿黑板报都有一个醒目的栏目："致富门路""市场信息""精神文明窗口""计划生育问答""本周电视节目预告"……领导看了，不住地赞叹：

　　"好，好，好。"

　　在村民委员会的办公室里，黄炳文和一个穿扮入时的女青年接待了我们。女青年叫小芝，在我记忆里，是个爱流鼻涕的姑娘，现在是村里的团支部书记；黄炳文已经不是"小组长"，而是党支部的宣传委员了。十几年不见，他一点儿也不显老，谈起话来，依然兴致勃勃的，只是没有了那么多的手势。我向他说明了领导的来意，他稍微想了一想，便向我们谈起开展黑板报活动的情况来了。

　　"要办好黑板报，首先得解决认识问题。"他说，实行"大包干"后，黑板报活动曾经停顿了一个时期。有人说，黑板报办得再好，梦庄也富不了，不办了。针对这种思想，他们召开了支部会，进行了认真的讨论。他们认为这种思想是很错误的。黑板报都不办了，"两个文明一齐抓"怎么体现呢？认识统一了，狠抓了组织落实，重新成立了黑板报小组。

接着，小芝谈起组织落实的情况。这个爱流鼻涕的姑娘，很会讲话，讲得很具体、很生动，嗓门儿也很好听。领导眯着眼睛听着，不住地点头说：

"好好好……"

"光有正确的认识还不行，还得有正确的方法，切实的措施。"炳文接着说，"活动一开始，就遇到了阻力，阻力主要来自青年们的家长。他们说，现在不比过去了，家里活还做不完，写那个干什么，时间就是金钱啊。有的青年受了这种思想的影响，不干了。怎么办？批判'向钱看'？不行，这个办法太简单了，也没有说服力。现在，治保会给人劝架，还收费嘛。有人提出实行'三定'的办法：定人员、定任务、定报酬——写三个字给一分钱。这个办法也不行。黑板报写完了，难道还要派人查一查字数吗？再说，三个字一分钱，九个字三分钱，那么，十个字呢？九十一个字呢？账没法算。"

我听着这笔账，感到很新鲜，新鲜得令人震惊，忙问：

"你们到底采取了什么办法？"

"大包干，唯一的办法是实行大包干。"炳文说，"两个人为一组，每一组包一块儿黑板报，每人每月补贴八块钱。这样一来，家长满意了，青年们也有了积极性，全村的黑板报基本上做到了定期更换，每周一期，紧跟形势，常办常新。"

我正想说什么，领导又点点头说：

"好好好好……"

"可是，最近又出现了新问题。"小芝看看炳文，看着我们说。

"什么问题？"炳文问。

"过去，一盒火柴多少钱？"

"二分钱。"

"现在呢？"

"三分钱。"

"最近大家都在议论这个问题。"小芝说，"火柴都提价了，我们呢？"

"你们打算怎么办？"我问。

"按照火柴提价的比例，每月补贴应由原来的八块钱提到十二块钱。"小芝说。

"不行不行。"炳文庄严地说，"年轻人总该参加一点儿社会活动，总该做一点儿社会工作，我们不能把他们的视线完全引到金钱上去。提价的意见可以考虑，但不能按照火柴提价的比例。火柴是物质文明，黑板报是精神文明……"

最后，他又谈了些什么，我一句也没听清。只见他站起身，打了几个手势，像是表示决心的样子。领导握住他的手，连连点头说：

"好好好好好好好……"

回到县里，领导很高兴，让我抓紧写个材料，总结一下他们的经验，尽快地报上去。

晚上，我坐在灯下，一个字也写不出。我心里很乱。十几年中，我仿佛认识了两个黄炳文。两个黄炳文都蒙着一块儿面纱，哪一个是他的真面目呢？似乎都是，似乎都不是。

为了整理一下思路，我先写了一个提纲。写完一看，那提纲颠三倒四，不成条理：

为改变家乡面貌发一点儿光放一点儿热。

三个字一分钱。

批判"工分挂帅"。

大包干。

老乡们注意了。

提价。

好好好好好好好……

# 俊 姑 娘

## ——梦庄记事之八

　　梦庄人不欺生，在那吃穿紧缺、自顾不暇的年月，对我们下乡"知青"无处不好。但是不知什么原因，唯有对我们的玲玲另眼相待。现在回忆起来，还有些不愉快。

　　玲玲那年虚岁十九，人们都说她是个俊姑娘。究竟怎么俊，我也说不出，也许真的不丑。那年秋天，我们一进村，她就引起了人们的注意。村里的姑娘媳妇们，纷纷走近她，拉她的手，摸她的辫梢，看她胸前的"光荣花"；村里的小伙子们，抢着给她扛行李，拿东西。住下了，不仅姑娘、媳妇、小伙子们喜欢她，就连那些不懂事的娃娃们也喜欢她。谁家的娃娃淘气，哭了，大人哄不下，便去找她。她一哄，便不哭了，叫吃就吃，叫喝就喝，叫尿就尿，然后朝她怀里一偎，"姐姐、姐姐"地叫个不停。

　　于是，玲玲的名字，在村里传开了：城里来了个俊姑娘，身上的俊气，能治淘气。

还有一件事，更奇。梦庄有个疯子，整天在街上乱嚷乱跳，马车过来也不躲，汽车过来也不躲。可是，玲玲过来了，那疯子就像中了"定身法"，啪地一个立正，给她敬礼，像是士兵接受首长的检阅。

于是，坽坽的名字，在外村也传开了：梦庄有个俊姑娘，身上的俊气，能降疯魔。

我记得，村里的老人们，常常这么夸她：

"玲玲这姑娘，就是不一般。她不光脸蛋儿俊，眉眼儿俊，手指甲尖儿上都透着一股俊气。她从街上一走，朝街上一站，就像是大年三十那天，家家挂起了红灯笼，贴上了红对子，满街里都显得新鲜、瑞气！"

我们有玲玲，感到很骄傲。

可是，过了不久，她便得了一个外号："小白鞋"——平时，她总爱穿一双白力士鞋。

听到这个外号，她哭了一次。

又过了不久，她又得了一个外号："水蛇腰"——她走路时，腰身总是微微地扭动着。

听到这个外号，她又哭了一次。

后来，"小白鞋""水蛇腰"叫俗了，人们又叫她"多米索"——休息时，她不"恋群"，总爱拿个歌片儿，哼着学识谱。

三个外号，损坏了她的形象，确定了人们对她的认

识。春天队里评工时，那些年龄和她相仿的姑娘们，有的评了八分，有的评了七分，她呢，六分半！

她又哭了，哭得很悲痛。我知道，她并不计较那半个工分，而是有一种羞辱感。我劝了她几句，决定去找队长反映意见。

找到队长，我说：

"队长，玲玲的工分，是不是评得太低了？"

"不低！"队长说，"评工是凭劳动，不是凭模样儿。"

"玲玲劳动也不错呀。"我说，玲玲下乡以来，很少回城，有"扎根"思想；又说，玲玲干活不怕脏、不怕累，从不偷懒；我又列举了一些事实，说明玲玲"爱国家，爱集体"。队长认真地听着，不住地点头，末了却是这么一个结论：

"你谈的这些都是事实，不过，评工不是凭模样儿。"

于是，在姑娘们当中，玲玲又多了一个外号"六分半"。

玲玲到底是个孩子，事情过去，也就忘了，该干什么干什么。我们上工，她也上工；我们休息，她也休息。我们写了入团申请书，她也写了入团申请书。但是我们被批了，唯独没有她！

得到这个消息，我立刻去找团支书打听落实。

那天晚上下着大雨，团支书家院里积着很深的水。我蹚着水走到屋里，团支书正和几个姑娘在炕上打扑克牌。

我明知故问地说：

"团支书，我们的入团申请批下来了没有？"

"批下来了，有你！"她对我笑了笑，继续打牌。

"玲玲呢？"我又问。

她脸色一沉，不吭声了。出过几张牌，才说：

"入团是凭表现，不是凭模样儿。"

我一惊，她的回答竟和队长的结论完全相同。我问：

"玲玲表现怎么了？"

"她净写信！"一个黄头发姑娘说，"上月，我给她统计了一下，她一共寄了四封信！一个姑娘家，给谁写信呀？她是下乡锻炼来啦，她是下乡写信来啦？"

"她不光爱写信，还爱打电话！"一个胖胖的、脸上有雀斑的姑娘说，"最近，她往大队办公室跑了三趟，打了三个电话！一个姑娘家，给谁打电话呀？她是下乡锻炼来啦，她是下乡打电话来啦？"

"不光这些，她还有更严重的问题！"一个长得很白净的姑娘说。

"什么问题？"我问。

"你等着！"白净姑娘跳下炕，冒着雨走了。不一会儿，拿来一件东西，猛地放到桌上：

"你看，劳动人民谁吃这个？"

我一看，是一个水果罐头瓶子，空的。白净姑娘说，这个罐头瓶子，是从玲玲屋后捡到的。

新团员公布了，我担心玲玲还得哭一场。

这一回，她没有哭。不但没有哭，反而拿起一个歌片儿，放声地唱起来了。我想和她谈谈心，她说不用了，我已经锻炼出来了。

从此，玲玲的性格发生了显著的变化。她变得高傲了，冷淡疏远一切人；她变得懒惰了，三天两头地旷工。人们干活的时候，她故意打扮得十分妖艳，呵呵地笑着、唱着，到沙岗上采野花，在田野里扑蝴蝶，尽情地放荡着自己，同时也丑化着自己！

她不只变得高傲了、懒惰了，而且变得很任性。那年秋天，大队决定拆掉村里那座关帝庙，让我们参加两天义务劳动。她听说了，梳洗打扮了一番，非要回城不可。我急忙拦住她，苦苦劝告，她才答应参加这次集体活动。

谁知，我的劝告害苦了玲玲。拆庙时，西山墙突然倒塌了，一片烟尘冲天而起，仿佛扔下一颗炸弹！烟尘散去，玲玲不见了。找了半天，在一堆坯块瓦砾下面，看见一条辫子，一张惨白的、流血的脸。

她的伤势很重，尤其是左腿，属于粉碎性骨折。医生说，这种骨折很难医治，弄不好，要变拐。

乡亲们被惊呆了。

梦庄的空气凝固了。

沉默了几天，才听到人们的叹息声、埋怨声：

"唉，多好一个姑娘呀，拐了！"

"拆庙，拆庙，那庙拆得吗？"

"关老爷也是不长眼，偏偏砸坏个人尖子！"

队长到医院看望了玲玲。

指导员也到医院看望了玲玲。

团支书和姑娘们看望玲玲时，还买了几个水果罐头。

俊姑娘要变拐姑娘了，所有的人们慷慨地拿出了自己珍藏着的同情和怜爱之心。

年终的一天晚上，队里评选"五好社员"时，黄头发姑娘率先发言：

"我提一个——玲玲！"

"同意！"

"赞成！"

"差不多！"

大家一齐附和着。有人说。玲玲下乡以来，很少回城，有"扎根"思想；有人说，玲玲干活不怕脏、不怕累，从不偷懒；还有人列举了一些事实，说明玲玲"爱国家，爱集体"。我听着他们的发言，忍不住说：

"我不同意！"

"你不同意谈谈理由！"人们一齐望着我，似乎对我很不满意。

我说，她有三个外号啊！

"扯淡！"一个小伙子，正颜正色地说，"人家爱穿白鞋，碍你什么？穿白鞋卫生！"

"就是，就是。"人们说，"至于走路爱扭腰……"

"人家扭得好看！"胖胖的、脸上有些雀斑的姑娘说，"叫我扭，我还扭不成哩！"

"就是，就是。"人们又说，"至于爱唱'多米索'……"

"那不是毛病，而是才能！"白净姑娘很激动，站起来说，"整个梦庄，谁会识谱呀？我早说，让玲玲下地劳动有些屈才，该让人家当个民办教员，教唱歌！"

我又说，她还有个令人怀疑的毛病：爱写信。话音刚落，立刻遭到姑娘们的攻击：

"爱写信也算毛病？"

"一个姑娘家，给谁写信呀？"我说。

"给爸爸！"

"给妈妈！"

"给姑姑！"

"给姨姨！"

"人家给谁写信，难道还要向你报告吗？"

姑娘们尖着嗓子，一齐冲我嚷起来，黄头发姑娘嚷得最欢。她说我"人气"不好，玲玲眼看要变拐了，还要吹毛求疵。

争论了一会儿，队长站起来说：

"今年的'五好社员'，玲玲算一个，同意不？"

"同意！"大家齐声说。

"同意的举手！"

正要表决，"等等。"一个黑胡子老头站起来说，"玲玲还没出院，她，肯定得变拐吗？"

"得变拐，医生说的。"几个姑娘说。

突然，一个白胡子老头，从灯影里站起来了。他紧眯着眼睛，几乎把每一个人都看了一遍，才说：

"那么，她要拐不了呢？"

人们肃然地望着他，静默了十几秒钟，一齐举起手来。

直到现在，我也弄不明白，在那静静的十几秒钟里，富于同情心的乡亲们都想了一些什么。

# 丑 大 嫂

## ——梦庄记事之九

丑大嫂婆家姓祁，当面儿得叫祁大嫂。

其实，乍一看，祁大嫂并不丑。匀称的身材，剪发头，圆圆的脸蛋上总是堆着一团笑；走起路来，脚很轻，两只手像船桨，轻轻地划动着，很优美。细看，才能发现她的丑处——左眼里有个"萝卜花"。

也许，祁大嫂过于爱美了，一个"萝卜花"，使她完全自暴自弃了。她整天不洗脸，不梳头，一件灰布褂子，肩、肘都破了，还穿着。我劝她做件新褂子穿，她说我穿那么新的褂子干什么？我说你正年轻，应该打扮漂亮一些。她说，我丑。我说一俊遮百丑呀，她说一丑遮百俊呀。——就是不做。

这一切，大概都得归罪于那个"萝卜花"。

祁大嫂虽然脏，虽然丑，但是人们都很喜爱她，尊敬她。村干部们常常当着众人，把她树为妇女的楷模：

"看人家这媳妇，多么朴素！"

婆婆不仅喜爱她，而且信任她，常常对人夸耀：

"丑媳妇好啊，媳妇丑了，儿子放心！"

每逢听到婆婆夸耀媳妇，公公便将着胡子，请出朱柏庐：

"就是，就是，婢美妾娇非闺房之福。"

祁大嫂的丈夫在水库上当民工，经常不回家，听了老人们的评论，很是高兴，对祁大嫂更放心了。

大家都放心了，祁大嫂的名节便有了保证。村里的光棍们，总是喜欢接近女人的。一般女人都对他们保持着很高的警惕。祁大嫂呢，却不怕。她和他们在一起，敢说，敢笑，还敢摔跤，而没有任何闲话。一天黑夜，巡夜的民兵连长到她家避雨，她竟说：

"天不早了，你就在这儿睡吧！"

"不不不……"民兵连长有些惊慌失措。

"怕什么？"她说，"炕不小。我在里头，你在外头，中间放条裤腰带。早晨起来检查检查，谁要过了裤腰带，谁不是好东西！"说完哈哈大笑起来。

民兵连长把这件事传播出去，人们不但不怀疑她的品行，反倒觉得她更可信，更可爱了。

这一切，大概又得归功于那个"萝卜花"。

但是，那个"萝卜花"，也给她带来过一些痛苦。那年春天，村里治沙造田时，她参加了"红大嫂战斗队"，她们干得十分出色。有一天，报社来了一个记者，要给她们照相。"红大嫂"们兴高采烈，都被光荣地摄入了镜头，唯有她，躲了。

一连几天，她很少说话，脸上也没有了笑容。

我很同情她，并且想了一个帮助她的办法。一天晚上，我拿着我的那副淡茶色眼镜，来到她家。我说：

"大嫂，我送你一件东西。"

"眼镜？"她望着我手里的眼镜，不明白我的用意。我把眼镜放到桌上，说：

"送你了，大嫂，戴上吧！"

"我能戴？"她的右眼一亮，高兴地望着我。

"能戴。"我说，"戴上这种眼镜，又挡风，又遮光，很舒服。"

她拿起眼镜，又放下了：

"我不能戴。"

"能戴，你戴上试试。"我说。

她看看眼镜，看看我，迟疑了半天，脸一红说："试试就试试。"说着，到院里端来一盆凉水，认真地洗起脖子，洗起脸来，用了很多肥皂。洗过脸，找了一个梳子。又梳起头。梳洗完毕，她才拿起那副眼镜，小心地戴上了。她戴上眼镜，照了照镜子，看了看灯光，然后冲我笑

丑大嫂

庚子秋末 現輝

着说：

"我戴上好看吗？我能戴吗？"

我细细地打量着她，一时被她的容颜惊呆了。原来，她的皮肤那么白嫩，她的笑容那么俊美！我望着那副架在她鼻梁儿上的淡茶色眼镜，不由得想起了"画龙点睛""点石成金"一些美好的成语。我禁不住拍着手说：

"大嫂大嫂，好看好看，能戴能戴！"

第二天上午，祁大嫂花朵儿似的出现在治沙造田的工地上了。为了衬托那副眼镜，她把衣服也换了。穿上了那件结婚时做的紫红色灯芯绒褂子。人们看见她，不由叫起来：

"哎哟，这是谁呀？"

人们认清是她，都说好年轻好漂亮，简直变成另外一个人了。有人说她戴上这副眼镜，像个"电影明星"；有人说她戴上这副眼镜，像个"洋学生"；也有人说她戴上这副眼镜，像个"女特务"！

说她像"女特务"的人，大半是那些和她年龄相仿的妇女。整整一个上午，她们远远地看着她，不住地咬耳朵：

"这个小媳妇，今天是怎么啦？"

"火轮船打哆嗦——'浪'劲儿催哩！"

"她不是很朴素，很正派吗？"

"她呀，和平演变了！"

休息时，她们围住她，问她这副眼镜是从哪里挣来的？注意，她们不问是从哪里买来的，也不问是谁送给的，偏偏要问是从哪里"挣"来的。

祁大嫂心眼儿直，如实地说明了眼镜的来历。

于是，我成了她们注意的目标，侦察的对象。收工时，几个妇女拦住我，悄悄地问：

"你多大啦？"

"二十二。"我说。

"好年纪，好年纪，好年纪！"

"怪不得，怪不得，怪不得！"

她们怪笑着，走了。我不懂她们的话，也不懂得她们的笑。

一天中午，祁大嫂的公公突然来到我的小土屋里，把我上下打量了一遍，问：

"你是城里来的学生，是吧？"

"是呀。"我点点头说。

"你不是本村人，是吧？"

我又点了点头，不知他要干什么。

"你听着。"他把手一背，两眼钉子似的盯住我，"我，贫农，社会关系四面见线儿，没有一个黑点儿。你不要以为我儿子不在家里，想怎样就怎样。我告诉你，祁家也是一大户。我有四个儿子，八个侄子，还有两个外甥。他们，干别的不行，打架哪个也不含糊，都是不要命的！"

这些话，我听懂了，以后再也不敢接近祁大嫂。

祁大嫂也很敏感，那副眼镜只戴了一天就不戴了。她像一个犯过错误的人，默默地上工，默默地下工，只干活，不说话。

祁大嫂虽然只戴了一天眼镜，但那一天的影响久久没有消除。人们十分注意她的行动，几乎每天都能听到关于她的"快报"：

某天晚上，某某到她家串门去了，一直歇到十一点钟；

某天中午，某某帮她拉了一车柴火；

某天早晨，她站在街门口上，好像对着某某笑了一下……

听到这些消息，我很气闷，也很不平！我知道，祁大嫂的这种境遇，完全是我造成的。我不该送给她那副眼镜。不该用那副眼镜遮住她眼里的"萝卜花"。可是，我怎么也想不明白，祁大嫂的公公、婆婆、丈夫，还有那些发布"快报"的人们，为什么那么喜爱祁大嫂眼里那个"萝卜花"呢？

我得去找祁大嫂，我得要回那副眼镜——为了她，也是为了我自己。

　　我找到民兵连长，一同来到她的家里。我说：

　　"大嫂，眼镜呢？"

　　"不戴它了，戴它惹气！"她低着头说。

　　"你把它还给我吧？"

　　"什么，还你？"她抬起头，望着我怔了一下，突然说：

　　"摔了！"

　　"摔了？"

　　"赔你钱吧！"

　　"那副眼镜好几块钱，你赔得起？"

　　"赔得起！"

　　她卖了一些鸡蛋，真要赔钱，我没有收。

　　眼镜摔了，我放心了。

　　祁大嫂的公公婆婆听说了，也放心了。

　　大家都听说了，都放心了。

　　可是，大约过了两三年，一个夏天的晚上，民兵连长突然找我来了。他的脸色阴沉着，眼里带着"敌情"：

　　"你说，她这两年表现怎么样？"

　　"谁？"

　　"萝卜花！"

　　"表现不错。"我说，"眼镜早摔了，衣服早换了，表现很好。"

"那是白天！"

我一愣，没有听懂他的意思。他把我一拉，让我去看一个"奇景"。

他领着我悄悄来到祁大嫂家院里。院里很静，窗上亮着灯光，屋门插得很紧。我从门缝朝里一看，不由吃了一惊：她，穿一件很新的月白色褂子，拿一面镜子，正背着身照自己；照着照着，许是听到什么动静，一扭头，鼻梁儿上架着一副淡茶色眼镜……

# 沙　地
## ——梦庄记事之十

　　除了村南是一片比较肥沃的褐土地，梦庄的村东、村西、村北尽是沙地。尤其是村北，一片白茫茫的沙地望不到头，大约有两千亩。"村史"记载，这里属于一条早已干涸了的大沙河的河滩地。

　　我们下乡"知青"特别爱到河滩里玩耍，也爱到河滩里干活。到了那里，天空显得格外高远，太阳显得格外明亮，我们才真正感到天地的广阔。河滩里，有一片树林子，有几块花生地、西瓜地、豆地。夏天，向瓜把式要个西瓜，我们抱到树林里去吃。树林里好清静好凉快，吃过西瓜，躺在绿茵茵的草地上，看各种野花，听各种鸟叫，惬意极了。

　　我到河滩里玩耍的时候，常常看见一个老人，拄着一根棍子，牵着一只狼狗，在树林里蹦来蹦去。老人有六十多岁，长得很黑、很瘦，但是很结实。一头厚厚的灰白色毛发，紧紧箍着头皮，显得很沉重；两只细小明亮的眼睛，总是注视着远方，显得很机警。因为左腿拐了，所以走起路来像蹦，蹦来蹦去没个消停。

我头一次见到他，叫他"大伯"，他似乎不爱理我。再次见到他，叫他"大爷"，仍然不爱理我。我一打听，村里人都不这么叫他，而是沿用了一个旧时的称呼——"老社长"。后来见到他，我叫了一声"老社长"，他果然高兴了，呵呵地笑着，响亮地答应。

人们说，老社长是梦庄的一个"功臣"。早在1952年，他就开始领导人们植树造林、治沙造田了，年复一年，河滩里才有了一片片的绿色。那年冬天，他在领导人们爆破一座沙岗时，一块磨盘大的冻沙砸在他的腿上，使他变成了残废。大队为了照顾他，让他看护树林和附近的庄稼，记最高的工分。他很满意这个工作，在树林里搭了个草棚，日夜坚守着自己的岗位。远远看见破坏林木的人，他便抡起手中棍子，大声地嚷、骂，倘若无效，便把那人一指，把狼狗的屁股一拍，那狼狗就像箭头似的扑了过去。扑到跟前，后腿立起，前爪扒住那人的肩，呜呜地叫，把人吓个半死。但那狼狗只叫，绝不下口伤人的。

老人住在草棚里，日子过得很清苦。草棚里有个土炕，炕上只有一个小被卷儿。他从来不烧煤，做饭、取暖，总是烧柴火，烧树叶。那时候，高粱、薯干是人们的主要口粮，他的粮食却很丰富：小麦、玉米、黑豆、黄豆，什么都有。平时，人们常常看见他手拿一个小镢头，跪在沙地上，掘田鼠的洞，这些粮食就是从鼠洞里获得的。对于这些收获，他很得意，闲谈的时候，常常让我算一算，假若人们都这么做，全国能节省多少粮食？

我看老人过于清苦了，一个下雨天，打了一斤薯干酒找他去喝。他一见那酒，立刻变了脸色，摇摇头说："不喝，不喝。"然后正告我，吃吃喝喝，小心到了莫斯科（变"修"的意思）。

老人清心寡欲地打发日子，但他没有忘了治沙造田的事。天冷了，看河滩里还没动静，他便"蹦"回村里去，冲着大队干部发脾气：

"什么时候了，你们还坐着吸烟、喝水！"

大队干部见他发了脾气，立刻召开誓师动员大会，于是，河滩里沸腾起来了：大车、小车、骡马、人群，锨、镐、筐、担，还有红旗……

治沙造田劳动是很艰苦的。河滩里有四种沙：黑沙、红沙、白沙、风背沙。除了风背沙，其余的沙子都不长庄稼。老社长根据不同的沙性，创造了几种不同的治理方法："驴打滚""掏鸡窝""移沙换土""黄土压沙"……无论采取哪种方法，都要把地面刨开，把沙子掏走，然后再从很远的地方倒运黄土。时令又是严冬，地冻着，一镐下去凿个白点儿，震得"虎口"流血。"冻沙比石硬"啊！

老社长心疼城里孩子娇嫩，不让我们参加治沙造田劳动。每年一开工，就把我们编成几个小组，让我们把守所有村口。我们的任务是：禁止劳力外流，反对懒婆懒汉。

那一年冬天，我在村西口上执行任务，遇遭到一个懒汉，非要出村不可。那懒汉有十八九岁，矮矮的个子，尖瘦的脸，肩上背着一杆火枪。我问他干什么，他托起火枪向我一瞄，说：

"打野兔儿。"

"不行！"我说，"老社长有命令，谁也不准出村！"

"打回野兔儿让你吃。"他冲着我笑了笑，要跑，我赶忙拦住他：

"你叫什么名字？"

"我叫懒三儿，也叫浪荡三儿。"

我望着他那嬉皮笑脸的样子，又好气，又好笑。我说，一个年轻人，不该懒惰，应该向老社长学习。他说，我不学他我不学他，他只会让人们受穷。我说现在提倡"一不怕苦，二不怕死"，他便仰起脖子哈哈笑了："死，我倒不怕，人死了，什么也不晓得了；苦，可是让活人受的，呛不了、呛不了啊！"说完，撒腿就跑，跑到田野里，又回头冲我笑了笑说，"打回野兔儿让你吃。"

后来我才知道，这个懒汉竟是老社长家老三。他不仅懒，而且馋，整天东游西荡找吃的。捉到一只鸽子，煮煮吃；逮住几只麻雀，烧烧吃。偶尔拾到一只死猪、死狗，也吃。那一年他过生日，没有好吃东西，便到田里捉了几只四脚蛇（蜥蜴），剁了剁、煮了煮，浇饸饹吃。青绿色的四脚蛇浇在碗里，瞪着小眼睛，吐着小舌头，十分怕人，他吃得却很香甜。

懒三儿人很聪明，很小的时候就认了不少的字。八岁上，母亲死了，老社长把老大、老二叫到一起，流着眼泪做了一个决定：煞紧腰带也要供三儿上学。他在学校并不用心学习，但是功课很好，一连跳了两次级。初中快毕业时，因偷看女生厕所被开除了。老社长又气又恨，把他扔到山药窖里，用石头封了窖口，整整关了半月，逢人便说：

"他，也是一块沙地，一块沙薄漏地！"

懒三儿在山药窖里待了半月，就像孙猴子经过了八卦炉的锻炼，变得更难管教了。他藐视一切人，怀疑一切道理。老社长教导他，站在家门口，眼望天安门。他说，望不到。老社长说"大河有水小河满"，他说小河满了大河也不吃亏。话不投机，就要大动干戈。常常，他哭喊着从家里跑出来，老社长举着棍子一蹦一蹦地满街追赶。村人见了，无不摇头叹息，都说老人身子苦，心也苦。

一天黑夜，老社长又从工地上回来了。我怕懒三儿挨打，便到他家串门。老社长看见我，脸一红，支支吾吾不想让我到屋里去。我到屋里一看，不由吃了一惊，只见炕沿上坐着个面黄肌瘦的瞎子。这个瞎子我认识，胡村人，经常偷偷给人算卦。我们下乡"知青"都请他算过卦，算我们几时回城。那年月，人们吃穿紧缺，他的生意却很兴隆。

瞎子端坐着，说话很文明，管懒三儿叫"相公"：

"相公，你叫什么名字呀？"

"我叫懒三儿，也叫……"

"报大名，报大名。"

"他叫三更，今年十八了。"老社长说。

"噢，三更。"瞎子点点头说，"属马的，黑夜生的，是吧？"

"是呀，是呀！"老社长惊异地望着瞎子，顿时生出满脸的尊敬。瞎子摸了摸懒三儿的手，又摸了摸懒三儿的下巴、额头说：

"他这个'马'还没'出夜'啊！"

"什么叫没'出夜'呢？"我问。

"没'出夜'，就是还没走到天明。黑灯瞎火的，迷迷糊糊的，他还不省人事啊！"

"那么，他几时才能'出夜'呢？"老社长焦急地问。

"莫慌，莫慌。"瞎子又在懒三儿脸上揣摸了一阵说，"等到三十就好了。三十而立，大器晚成啊，好好斗私批修吧！"

老社长相信了瞎子的话，再也不打懒三儿了。不幸的是，没等到懒三儿"出夜"，他便与世长辞了。

那年冀中大旱。梦庄是沙地，旱情更严重了。头一年冬天，这里未降一片雪；整整一个春天，这里未落一滴雨，小麦长得筷子高，不到"小满"，便焦干了。玉米点不上，山药不能栽，河滩里的小树一片片干了尖儿、黄了叶。村里的几眼机井，井台下降了一米，才能抽上水来。电动机、柴油机昼夜不停地吼叫着，刚刚浇了两天，就又不上水了。人们仿佛也被旱坏了似的，男人、女人都光着脊梁，整天躲在家里，或是躺在野外的树凉里，懒得下地。晚上看着天上，亮闪闪一片星光，早晨看看天上，又是一个火球般的大太阳！

这时候，老社长从河滩里"蹦"回来了，"蹦"到大队办公室里，冲着大队干部发脾气：

"地里着火了，你们还坐着吸烟、喝水！"

"老天爷不下雨。我们有什么办法？"大队干部们说。

"你们没办法，不会开个'诸葛亮会'？"

　　大队召集了十几位老农，开起了"诸葛亮会"。有人说，我们继续批宋江吧？老社长不同意。他说，老天爷不下雨，不碍宋江的事。有人说，天大旱人大干，筒、桶、盆、罐一齐上！老社长也不同意。他说，井里都没水了，那些东西有什么用呢？讨论了两天两夜，最后还是老社长想出了主意。他把桌子一拍，坚决地说："打井！旱年打井，井深水旺！"

　　"打几眼？"人们问。

　　"打十眼，实现百亩一眼井！"老社长说。

　　"诸葛亮"们屏声静息，谁也不吭声了。他们奋斗了十几年，依靠国家资助，一共打了十眼井。现在一下要打十眼井，钱从哪里来呢？

　　老社长胸有成竹。他说，发动群众采取挖山药窖的方法打井。人工挖到水皮儿上，再请钻井队，一钻一眼一钻一眼，快得很。这样，用打一眼井或是两眼井的钱，可以打十眼井！

　　几天后，梦庄的大地上掀起了一个前所未有的群众打井运动。一群群精壮汉子，手持铁锹、镐头，奋战在野外的井位上。天太热了，他们就脱了褂子，脱了裤子，脱个一丝不挂。女人们送饭来了，他们就抓一把泥，甩在那丑陋地方。女人们并不责怪他们，也不避他们，对于他们挖上来的每一锹泥、每一锹沙，都抱着很大的希望。

可是，因为地上是流沙，村北的两眼"井"挖到两丈深处，相继发生了塌方事故，砸伤三人，砸死一人！

打井运动夭折了，旱情继续发展着。

村北的沙岗上，多了一个新坟。

一天傍晚收工时，我远远看见一幅"油画"：老社长弓着背、低着头，呆呆站在沙岗上，像个木雕。他的面前是新坟、白幡，他的背后是一片血红的晚霞。晚霞消失了，星星出来了，他还那么站着。我走过去叫了一声，他才如梦方醒似的抬起头来。我问：

"老社长，你在想什么呢？"

他怔怔地望着我，没有回答。过了很久，突然问了一句：

"你是什么成分？"

"我是贫农。"我说。

"我也是贫农。"他望着夜色笼罩的村庄，叹了一口气说，"我想村里要有几个富裕中农就好了，让他们打井，私打公用，——这叫'抽肥补瘦'。可惜呀，如今的富裕中农都是假的，地主、富农也是假的，只有咱们是真的……"说着，搂住我的肩，咕咕笑起来，那笑声很凄凉，像哭一样。

我不晓得什么叫"抽肥补瘦"。后来人们告诉我，那是土改时的一个名词——让富裕中农献地、献粮、贴补穷人。

老社长病了，肺炎。

老社长发着高烧，看望了三个伤号。

老社长水米不进了，危在旦夕。

一天黑夜，老社长的屋里站满了人。他静静地躺在炕上，两眼直直地望着屋顶，像是思忖什么。忽然，他的眼睛亮了一下，扶着老大的手坐起来，两只黄黄的、薄得发亮的耳朵像是在捕捉一个声音：

"响雷哩？"

"不是。"懒三儿听了听说，"街上过大车哩。"

老社长怒目而视，啪一声，重重打了懒三儿一个耳光！懒三儿噙着泪说：

"爹，我怎么了？"

"老天爷不下雨！"老社长吐了一口闷气，躺下，再也没有说话。

我记得，那天后半夜里，老社长刚刚咽气，满天的星斗就不见了，一阵清风几声雷，下了一场透雨，解了梦庄的旱情。人们说，老社长升天，甘霖落地，许是个好兆头。

老社长离开人间，已经十年了，我一直怀念着他，怀念着梦庄的沙地。

1984年春天，一天中午，懒三儿忽然找我来了，一见面就说：

　　"听说城里有涮羊肉，是吧？"

　　十年不见，他还是老样子：矮矮的个子，尖瘦的脸，嘴很馋，我说了一声"有"，他便拉住我的手说：

　　"走，吃一顿去，我请客，我这辈子还没吃过那种东西！"

　　我领他来到一个饭馆里，他不坐"大屋"，要坐"小屋"。我们坐在"雅座"里，他掏出一盒价格昂贵的"三五"香烟让我吸。服务员请他点菜，他不点，只说要贵的、要贵的。酒，也要贵的。我说要花许多钱呢。他说不要紧、不要紧，今天进城是出差，吃多少花多少，可以实报实销。他见我犹豫着，便用筷子指着我的鼻尖，哈哈地笑了，说我思想不解放、不解放！

　　喝过几杯酒，火锅、羊肉端上来了，我们便涮着吃。我问到村里的情况，他顾不上回答，只顾大口吃羊肉。再问，他才东一句、西一句地说，地分了。村里办了两个工厂。天天停电。最近打了十四眼井……我放下筷子，立刻截断他的话：

　　"打了几眼？"

　　"十四眼！"他说，"谁有钱让谁打，私打公用。"

　　"你们真的实行了'抽肥补瘦'？"

"哪能呢！"他干了一杯酒，哈哈笑了，"那是违背政策的。我们梦庄人，什么时候违背过政策呀？你说，河滩地里种花生，一亩能收多少？"

"要是有水，收五百斤没问题。"

"五亩地呢？"

"收两千五百斤。"

"两千五百斤花生，卖多少钱？"

"一千多块。"

"打一眼井花多少钱？"

"一千往上。"

他说，去年春天，他们把村南的土地分到户里耕种了，一年的工夫，村里便出现了一些"富裕中农"。今年，村北的河滩地也要分下去，村里决定：谁打一眼井，给谁五亩河滩地种，白种三年。"富裕中农"们一算账，抢着要打，就打起来了，全村实现了六十亩地一眼井！

我听着他的叙述，仿佛看见了梦庄大地上一眼一眼的新井，一片一片的新绿……我高兴地问：

"这是谁的主意？"

"我的主意！"他拍拍胸脯，洋洋得意地说，"现在，我当了村民委员会的副主任了！"

"真的？"我不信。

"这还有假？"他又干了一杯酒，抬高嗓门说，"你当今天我是专门来吃涮羊肉的？不是。村里的工厂没了原料，我是来走后门的。X他娘，一份礼物送上去，顶我们吃十顿！吃！"说完，他一连干了三杯酒，大口大口地吃起涮羊肉。

我望着他那狼吞虎咽的样子，仍然半信半疑：

"你，你怎么当了主任呢？"

"你瞧不起我！"他把筷子朝桌上一拍，猛地站起来了，"我怎么不能当主任呢？不错，我偷看过女生厕所，可是什么也没看见！我怎么当主任了？告诉你吧，那个瞎子说对了！我今年三十二岁，周两岁，正好三十！我这个'马'，'出夜'了，哈哈哈，干！"

他举起酒杯，一饮而尽了。

我也举起酒杯，望着他那一双骄矜的醉眼，不由想起老社长来了。我想，老人假如活着，看见梦庄大地上一眼一眼的新井，一片一片的新绿，再看看"主任"这副模样，是喜呢，是悲呢？

喝下那杯酒，我也感到有些恍惚，不知自己是醉着，是醒着……

# 杏 花

## ——梦庄记事之十一

　　我在梦庄的时候，和她做了七八年的邻居。她家院里有棵杏树，每年春天，开出一片洁白的花儿，十分悦目。我们就叫她"杏花"吧。

　　杏花是个年轻的媳妇，平时除了下地劳动，很少出门，也很少和人谈笑。隔着一个矮矮的墙头，每天只能听到这样的声音：

　　"娘，早晨做什么饭呀？"

　　"贴饼子，熬粥！"

　　"娘，晚上做什么饭呀？"

　　"熬粥，贴饼子！"

请示的是杏花，回答的是婆婆。

花钱买东西，更得请示了：

　　"娘，没盐了。"

　　"买去吧！"

"娘，没碱了。"

"给你钱。"

"娘，该打洋油了。"

"打洋油、打洋油，怎么光打洋油呀？你们吃洋油、喝洋油！"

于是，一连几天晚上，杏花屋里就黑着灯。

人们说，杏花小时候，就是个温顺的姑娘。1960年冬天，由于饥饿，她失去了三个亲人：爷爷、奶奶、父亲。刚埋了人，母亲就把她叫到跟前说："杏花，你不小了，该寻婆家了。"她还没有回答，母亲又说，"我看二淘挺合适，弟兄一个，人又老实，家里还存着不少胡萝卜哩，你看呢？"

杏花看见，外间屋里放着一布袋胡萝卜，布袋上印着四个字：严二淘记。她像傻了似的望着那个布袋，半天不说话。母亲眼巴巴地望着她，两个妹妹也望着她，她，仿佛就是胡萝卜……

"不乐意？"母亲问。

"娘看合适就合适……"她看看母亲那浮肿的脸，浮肿的脚，呜呜地哭起来了。母亲把她搂在怀里，也哭了：

"好闺女，别哭了，就这么定了吧！这年头，肚子要紧呀，一晃就是一辈子……"

杏花结婚后，人们渐渐发现，这是个令人羡慕的家庭。二淘身强力壮，在队里赶大车，一年能挣七千工分。婆婆很会过日子，手里掌握着三件东西：尺子、升子、秤。吃用的，都有定数。在婆婆的操持下，今年分的麦子，可以吃到明年麦收；今年分的红，可以花到明年分红。婆婆又很爱面子，手头再紧，每年也要给杏花添几件新衣服，杏花站在人前，倒比别人家的媳妇鲜亮许多。村里的姑娘、媳妇们，都说杏花嫁了个好丈夫，修了个好婆婆。

杏花渐渐习惯了这种日子，满足了这种日子。她像那棵杏树一样，牢牢地立在严家院里，默默地开花、结果……

可是，就在那年春天，我听到了她的一点儿隐私，那是一个叫老怪的青年亲口告诉我的。

老怪是大队的电工，小伙子很聪明，很漂亮，也很傲慢。他看不起村里的人们，但和我们下乡"知青"十分亲近。他经常找我玩儿，有时钻到我的屋里，和我一聊聊到半夜；有时一语不发，只是呜呜地吹口琴。他吹口琴的时候，总是昂着头，在院里踱来踱去，像只傲慢的大公鸡。

那天晚上，他正在院里吹口琴，忽然引来一个清细的歌声：

　　　　我们走在大路上，
　　　　意气风发斗志昂扬……

歌声来自西院，是杏花的声音！

唱了两句，戛然而止。

老怪仰着头，还在听。

西院里静极了，天上一个洁白的月亮，树上一片洁白的杏花……

过了好大一会儿，他说：

"在中学里，她最爱唱这支歌儿，我吹口琴，她唱……"

"在中学里，你们相爱过？"我似乎看出了什么，大胆地问了一句。

他呆呆地站着，没有回答。我把他拉到屋里，一定要他坦白，他冷笑了一声说：

"我们这种人，只懂吃，不懂什么是爱，真的。小时候，我们一起摘酸枣吃、煮毛豆吃，大了一起拾山药吃、打野菜吃。在学校里遇上'瓜菜代'，我们都吃不饱，她省下饭票给我吃，我省下饭票给她吃，结果，我们的饭票都吃不完。——这是不是爱？"

"这是爱的萌芽吧？"我说。

"也许是吧！"他又冷笑了一声，接着说，"初中毕业了，她不再考学，我也不再考学了，我们回到村里，悄悄地培养着那个萌芽。那年中秋节的下午，我在她家街门口上吹了一声口哨儿，晚上，她就到村北的小树林里等我——那是我们见面的地方。谁知，见面不久，她家就死人、埋人，埋了人，她就结婚了……"

"那天晚上，你们在树林里谈了一些什么？"

"主要是谈吃的。"老怪的眼圈儿红了，嗓音也变了，"她说，蒲草根儿可以吃，山药蔓儿可以吃，花生皮儿磨成面也可以吃；又说，她学会了'增量法'，一斤棒子面，能蒸八个大饼子。我实在忍不住了，就说：'杏花，对着十五的月亮，你说，你还变不变？'她没听懂我的意思：'变什么？'我说：'变心。'她深情地望着我，半天没有说话。她的眼睛又大又亮，她的睫毛我能数清，迟了好大一会儿，她说：'你真坏，变、变、变，就是变！'说完，我们就……"

"就怎样？"我问。

他没有回答，从口袋里掏出口琴，又吹起《我们走在大路上》。一支很雄壮的曲子，被他吹得悲悲切切、忧忧沉沉……

以后我再见到杏花，便有一种神秘的感觉。可是我观察了很长一段时间，什么也没看出；我又细看她的那个三岁的儿子冬儿，淡眉、细眼、厚嘴唇，也没看出什么差错。也许，她并不爱老怪，当初的举动，只不过是一种儿戏。也许，她深深地爱着老怪，但是为了已成现实的丈夫、儿子，她长久地、痛苦地关闭着自己的感情，希望岁月把它冲洗干净。

后来，老怪结婚了，我还这么猜测着。

杏花母亲说得对，"一晃就是一辈子"。我离开梦庄一晃十几年了，那里的一些人和事，已经渐渐地模糊了，淡忘了，但我一直记着杏花，记着那个清细的、戛然而止的歌声……

去年年底，我在县里的劳动致富光荣榜上，意外地看见了杏花的照片。我望着她那和蔼的、多少有些拘谨的面容，心里很是高兴。她不仅成了养奶牛的专业户，而且，她的头上有了白发，她的眼角有了皱纹——她和二淘终于白头到老了！

今年春天的一个下午，我到梦庄办事，特意到她家看了看。当年那个黄土墙头不见了，我们住过的那排房屋，被她家租了过去，稍加改造，做了牛圈。她家养着十头奶牛，雇着两个工人，每年都有一笔可观的收入。

院里那棵杏树还在，满树的杏花开得正艳。杏树底下站着两头奶牛，两个工人正在挤奶。奇怪的是，两头牛中间坐着一个白净的男孩子，呜呜地吹着口琴。他吹得很认真，那姿势那神态，我似曾见过。我问：

"二淘，这个孩子是谁呀？"

"是白小儿，老怪的后代。"二淘也老了，说话的时刻，总是搓着两只大手，呵呵地笑，嘴里少了两颗牙。他指着白小儿说：

"这孩子很聪明，和他爹一样，从小就会吹口琴。可惜小时候得了一种怪病，腿拐了……"

"老怪呢，老怪现在怎么样？"

"早死了，那年修电线，被电死了。"我心里一震，二淘又说，"老怪不是东西，净和老婆生气。有人说是电线走了火，有人说是他自己不想活了——他对不起孩子！我们雇人的时候，把白小儿也雇下了，每月六十块钱的工资，杏花还短不了给他买件衣裳。"

"一个拐子，雇他干什么？"

"吹口琴呀，——杏花说，牛听着音乐，挤的奶多。"

"真多假多？"

"谁晓得？她说多就算多，如今她是当家的！"二淘说着，又搓着手呵呵地笑了。

白小儿听见我们的话，吹得更响亮了，我不知道他吹的是一支什么曲子，只觉得那琴声里，延绵着一种微妙的感情，真挚而又苦涩，悠远而又深沉……

我站在白小儿的身旁，听了几支曲子，一直没有看见杏花。

晚上，二淘留我吃饭，仍然不见杏花。二淘炒了两个菜，在杏树底下放了一个小桌，一定让我喝点儿酒。我端起酒杯问：

"杏花呢？"

"领着冬儿到钱庄相亲去了！"二淘酒一沾唇，话多起来。他说，这两年日子好了，杏花当婆婆的心切，一定要给冬儿娶个好媳妇。她的条件很高，一要个头儿排场，二要模样俊俏，三要高中文化。钱庄有个亲戚，下了好大功夫，才发现了一个目标……

"冬儿高中毕业了？"

"没有，只念了个高小。"二淘苦笑着说，"这孩子像我，干活可以，一念书就头痛。"

"那，人家闺女同意吗？"

"没说同意，也没说不同意，摇晃着哩。"二淘抿了一口酒，满怀信心地说，"杏花决心很大，一定要夺取最后的胜利。她说了，只要那闺女有活口儿，电冰箱大彩电，她要什么给她什么！——喝呀，酒不赖！"

我仰头望着天上，没了喝酒的兴趣。

"你说，她能胜利么？"

天上一个洁白的月亮，树上一片洁白的杏花……

"晓得吗？如今一个闺女，顶四头牛价！"

忽然，那满树的杏花，恍惚变成胡萝卜了，就像做梦似的……

# 坏 分 子

## ——梦庄记事之十二

那年冬天，"四清"运动快结束了，一个下雪的晚上，工作队的老吴又来到我的小土屋里，告诉我："小蝴蝶"的问题弄清了，今晚给她写检查。

老吴笑眯眯的，很快活。

我点着灯等候着。

"四清"运动刚刚开始的时候，我给不少村干部写过检查，后来被工作队制止了。因为我给他们写的检查，不仅文字通顺，而且认识深刻，一次就能过关，不利于他们"洗手洗澡"。大概是为了让他们多洗一些时候，洗得更干净一些，工作队不准我随便给人写检查，指定给谁代笔，才能给谁代笔。于是那些犯了错误的干部们，都希望有一天，能到我的屋里来。因为我一下手，就意味着他们的问题已经弄清，即将定案，他们就要"下楼"了。

"小蝴蝶"不是干部，是个年轻的小媳妇。我到梦庄

104

不久，便听到了这个名字，因为不在一个生产队里劳动，我一直没有见过她。她不是本村人，娘家是个富户，她的父亲为了让她改换门庭，她便嫁到梦庄来了。她丈夫比她大十岁，人很老实，平时从不和人来往。自从娶了她，家里一天比一天热闹起来。尤其是晚上，大队干部们常常拿着酒肉，到他们家去吃喝，半夜不散。人们去了，她丈夫便侧着身躺在炕上，脸对着墙壁，装睡。在那样的场合，她学会了吸烟，学会了喝酒，学会了打情骂俏。终于，她和一个年轻的大队干部发生了那种不光明的事情……

老吴十分重视这个问题。他常说，"懒、馋、占、贪、变"中，应该再加一个"淫"字，"淫"是万恶之源。据说，他下了将近半年的功夫，才把这个"花案"弄清了——所以很快活。

院里有了脚步声，她来了。

老吴咳嗽了一声，声音很重。

因为是写那样的检查，我不好意思看她。我对着那盏墨水瓶儿做的煤油灯，板板地坐在桌前，给她一个脊背。只听老吴让她坐，她大概坐下了。老吴开口便问：

"一共几次，说吧！"

"四次……"

"想想！"

"六次。"

一个很严肃，一个很害怕。

　　"头一次在哪里？"

　　"在村南的玉米地里。"

　　"谁先脱的裤子？"

　　"他……"

　　"想想！"

　　"我……"

　　老吴问什么，她答什么，我便写什么。老吴问得真细，不仅问每一次的时间、地点，而且问头朝哪里、脚朝哪里，怎样的姿势。那时我还没有结婚，听着他们的问答，羞得抬不起头，但是又想听下去……

　　老吴整整问了三个小时，她全回答了。老吴让她回去好好想一想，从世界观上找找原因，明天晚上再谈一次。

　　她没有走，嘘嘘地哭起来了。我扭头一看，心里一颤，不由生起一种怜悯的感情。她哪里是个淫荡的媳妇，分明是个娇羞的少女！她的身材很小巧，衣服很单薄，小巧单薄得叫人可怜；她坐在门槛上，仰面望着老吴，哭得泪人儿似的。她说，她没有世界观，她不会找原因；她请求工作队宽大她，千万别给她戴帽子。又说，她肚里已经有了孩子，如果戴上帽子，怎么做妈妈呢？

　　"回去吧！"老吴说，"最后怎么处理，要看你的态度，你要相信党的政策。"

她走了。老吴拿起我的笔录，一页一页地看起来，像是玩味一个有趣的故事。我望着他那似笑非笑的脸孔，不由得问：

"老吴，干吗问这么细？"

"花案儿，都这么问。"他说。

老吴正看着，院里又有了脚步声，"小蝴蝶"又回来了：

"睡了吗？"

"没有，来吧！"老吴望着窗户，热情地说。

"我不进去了，只说一句话儿。"她趴着窗台说，"第二次我记错了，不是头朝东、脚朝西，我记着是脚朝东、头朝西……"

她一定很冷，声音颤抖着。

老吴笑了，很快活。

第二天晚上，老吴又来了，"小蝴蝶"也来了。老吴并不要她从世界观上找原因，只是和她闲聊起来。他问她多大年岁了，哪一年结的婚，生活上有什么困难？"小蝴蝶"低着头，又哭起来了，哭得比昨天晚上还痛！

老吴耐心地劝导她、鼓励她。老吴说，你还年轻，犯了错误不要紧，改了就好，哭什么呢？又说，你娘家是富农，可婆家是贫农，只要改正了错误，靠近工作队，前途还是光明的——可以当"四清"运动的积极分子，可以加入贫协会，还可以入党……

"什么，入党？""小蝴蝶"抬起头，望着老吴摇摇头说，"不，叫我做个人，就行了……"

"太悲观了太悲观了！——哎哟！"老吴叫了一声，紧紧闭上眼睛。他说不知什么东西，跑到眼里去了，很疼。他让我端着灯，让"小蝴蝶"给他翻开眼皮看看。我犹豫了一下，端起灯，对"小蝴蝶"说：

"你端着灯，我给他看。"

"小蝴蝶"瞅着灯，一下变了脸色，她把我手腕一打，啪一声，满屋子的煤油味儿！

"坏分子！"老吴在黑暗中急怪怪地骂起来，"地地道道的坏分子！"

她走了，脚步腾腾的，很有劲儿。

# 钟　声
## ——梦庄记事之十三

　　梦庄有十个生产队，每个生产队里的一棵树上，吊着一口铁钟。每天早晨和中午，几乎是在同一时刻，它们一响，社员们就扛起铁锨拿起锄头，浩浩荡荡去上工——它们是大家劳动的信号，也是集体化的象征。

　　我们下乡"知青"不喜欢那钟声。白天干一天活，身子累得散了架，早晨睡得正香，它响了，我们就得赶紧起床赶紧下地。后来，它不光早晨响，中午响，晚上也响。晚上它响了，我们就得拿起小板凳，到牲口棚里去"熬鹰"——或是学习"两报一刊"社论，或是声讨、批判什么人，我们就更讨厌它了！

　　但是，那钟声也给我留下过美好的记忆，它使我永远记住了一个老人。

　　那是一个干旱的夏天，黑夜浇地的时候，我们这些看水的孩子们常常因为换班时间的早晚发生争吵。一天，终于吵到队长那里去了，我代表前半夜浇地的孩子们说：

"队长！黑夜浇地几点换班？"

"十二点。"

"你问他们什么时候才上班！"

一方面说我们总是按时上班，另一方面指责对方每天上班至少要晚半个小时！于是又吵起来了，很像城里已经兴起的大辩论：

"胡说！"

"你们才胡说！"

"你们戴着手表？"

"你们戴着手表？"

"我们是看星星凭感觉！"

"我们也是看星星凭感觉！"

"不晚！"

"晚晚晚！"

队长劝导我们：一事当前不能先替自己打算；我们反驳队长：世界上怕就怕"认真"！队长没有办法，抓着头皮想了一下，对我们说：

"这样吧，从今天起，每天夜里打一次钟，上班的下班的，都听钟声吧！"

那天半夜里，我们在村南浇着玉米，果然听到了几下钟声。钟声刚落，后半夜浇地的孩子们就来了，他们悄悄地来，我们悄悄地去，谁也不理谁。

一天、两天、三天过去了，每天半夜里，都会听到几下钟声——不像平时上工的钟声，也不像集合的钟声，像学校里下课的钟声。在黑夜的田野上，那声音显得很舒缓，很庄重，就像一个和蔼的老人，耐心地劝说着我们，平和着我们浮躁的心……

后来，不等钟响，远远近近的庄稼地里便有了这样的声音：

"我们来了，你们回去吧。"

"等等吧，还没打钟哩。"

"算了吧，哪在乎这一会儿。"

"那，你们辛苦了。"

"不辛苦不辛苦。"

…………

一天下了班，我们回到村里，钟声才响起来。我们情不自禁地朝着钟声走去。夜色中，我们看清了，打钟的不是队长，而是一个老人。老人的身体很胖壮，须眉全白了，棉花朵儿似的，他站在那棵槐树底下，仰头望着树上的钟，一下一下地拉着钟绳儿。那钟响一下，他笑一下，像是逗着一群孩子玩耍……

我们站在槐树底下，静静看老人打钟，谁也不说话。老人打过钟，也一个一个看我们，最后指着我说：

"你是那个城里来的小小子儿？"

"嗯。"我低下头，不好意思地笑了笑。

"往后不要吵架了。"

"不吵架了。"

"唉，多么好个小小子儿……"

老人伸出一只手，摸了摸我的头，我感到很温暖。

村里的孩子们告诉我，这个老人姓路，全村的大人孩子都叫他路大爷。路大爷很老很老了，早不下地劳动了，但他爱管队里的事情。每天晚上，他总要到牲口棚里看一看，嘱咐人们小心灯火；每天清早，他总要蹚着露水到地里走一遭，哪块地该锄了，哪块地该浇了，回来告诉队长。听说队长要在夜里打一次钟，他便承担了这个工作。他说队长白天太忙了，黑夜应该好好睡觉……

我们听着那钟声，浇完玉米浇棉花，浇完棉花浇山药……

我们队的庄稼浇完了，路大爷半夜里还要打一次钟。一天黑夜，我在那棵槐树底下等到他，奇怪地问：

"路大爷，咱队的庄稼浇完了，怎么还打钟呀？"

"咱队的庄稼浇完了，外队的庄稼还没浇完，全村黑夜浇地的人们，都听着我的钟声哩。"

他笑眯眯地说着，仍然打。

全村的庄稼都浇完了，半夜里仍有钟声。一天黑夜，我又在那棵槐树底下等到他：

"路大爷，咱村的庄稼都浇完了，不用打钟了，休息吧！"

"咱村的庄稼浇完了，外村的庄稼还没浇完，附近几个村子黑夜浇地的人们，都听着我的钟声哩。"

他笑眯眯地说着，在黑暗中摸到钟绳儿。

"路大爷，你这是学了哪一篇儿呀？"我望着他那雪白的须眉，不由肃然起敬了。

"我不识字，哪一篇儿也没有学。打着打着，冷丁儿不打了，外村的人们就会猜疑：'梦庄那个打钟的老头儿死了吗？'——多不吉利呀！"

说着，他呵呵地笑起来，钟声也响起来。静夜里，他笑得那么响亮，那么真实，真实得叫人感到陌生。我不由大声地叫：

"路大爷！"

"哎！"

"你多大年纪了？"

"我呀？"

"啊！"

"谁晓得，活糊涂了，记不清了，总有八九十了吧！"

后来人们告诉我，早在十几年前，他就说他八九十了。为了和阎罗王打马虎眼，他从来不肯透露自己的真实年龄。

那一年，我们战胜了干旱，取得了好收成。年底评比"五好社员"时，我们一定要评路大爷，路大爷一定不当。他说他也没有戴着手表，黑夜打钟的时候，也是看星星凭感觉，有时晚有时早，没准儿，糊弄了我们了。

# 梆　声

## ——梦庄记事之十四

　　一盏马灯，忽悠忽悠的，从黑暗中过来了；马灯挂在小车儿把上，走走停停，停停走走，全村里都能听到一个平和的、木鱼似的声音：

　　"梆梆，梆梆，梆……"

　　到梦庄不久，我便熟悉了这个声音，那是路大叔卖豆腐的梆子声。

　　路大叔推着小车儿卖豆腐，不知有多少年了。他做的豆腐又白又细，用手拍一拍，瓷丁丁的，像磨石。他卖豆腐不是为了赚钱，只是为了赚渣滓。豆腐渣滓可以喂猪，人也能吃。"卖豆腐赚渣滓，养活老路一家子。"——村里人都这么说。

　　我不爱吃豆腐，但我非常喜欢那个木鱼似的梆子声。尤其在黑夜里，每当听到那个声音，我就会想到：梦庄是贫穷的，也是安宁的，因为街上有个卖豆腐的……

路大叔和我不在一个生产队里，我只在街上和他见过几次面。他个儿不高，脸上有几颗浅浅的麻子，对人十分和气。人们吃了他的豆腐，给钱也行，给豆子也行，赊账也行。他不识字，谁赊了他的豆腐，他就从口袋里掏出一个小本子，让你自己记账。你记多少，还多少，他从不怀疑。我常常看到人们和他开玩笑说：

　　"老路，你不怕我们糊弄你呀？"

　　"不怕。"他总是笑呵呵地说，"我不亏人，人不亏我，没人糊弄我。"

　　可惜的是，我们和路大叔刚刚有了一次交往，那个木鱼似的声音便在村里消失了，他便不卖豆腐了！

　　那是刚进腊月的一天晚上，几个伙伴正在我的小土屋里喝酒，街上响起一阵梆子声。一个叫大钟的伙伴突然醉醺醺地说：

　　"我能吃五斤豆腐！"

　　"你不能！"我们也喝醉了，一齐拿他取乐。

　　"我要是吃了呢？"

　　"你要吃了我们掏钱，——你要是吃不了呢？"

　　"我请你们吃豆腐！"

　　"不反悔？"

　　"不反悔！"

　　"走！"

我们互相拉扯着，晕晕乎乎来到路大叔的小车儿跟前。路大叔听说我们要打赌，眯着眼干笑，说什么也不给我们称豆腐。大钟借着酒劲儿，当胸给了路大叔一拳，说：

　　"你这个人真怪，卖豆腐还怕大肚汉吗？——快称豆腐！"

　　"路大叔，给他称，我们拿现钱！"

　　我们凑齐钱，扔在小车儿上。

　　路大叔依然笑着，把大钟上下打量了一遍，说：

　　"我看你肯定吃不了五斤豆腐。这样吧，我称一斤，你吃一斤，看你到底能吃几斤豆腐。"

　　"行，称吧！"

　　路大叔打了一块儿豆腐，放在秤盘里，然后提起秤毫，定好秤砣，一撒手，秤杆子向上一撅，他便望着我们笑了笑说：

　　"秤头儿不低吧？"

　　"不低不低！"我们说。

　　路大叔称一斤豆腐，大钟吃一斤豆腐。大钟吃了三斤豆腐，脸上冒了汗，朝地下一蹲说：

　　"歇歇……"

　　"不能歇！"

　　"快点儿吃，要不你就输了！"

大钟像个运动员一样，围着小车儿跑了好几圈儿，又吃了二斤豆腐。

我们输了，他赢了。

可是，他被撑坏了，一连几天总嚷肚子疼。我们给他请来一位医生，医生看了看，生气地说："饿着吧！"我们每天只让他喝点米汤。

路大叔天天来看望他。路大叔见了我们，又是摇头，又是叹气，好像这种后果完全是他造成的。

大钟渐渐好了，但是不知为什么，好几天没有听到路大叔的梆子声。

一天黑夜刮着大风，路大叔的梆子又响起来。那声音很沉闷，很紧急，仿佛就在我屋后，在我窗口……敲了一阵，路大叔手里托着一块儿豆腐，来到我的屋里。他的脸色很难看，几颗麻子也变成了黑的，但他还是笑着说：

"给你们一块儿豆腐吃吧！"

"路大叔，这是……"我望着那块儿豆腐，感到很惊奇。

他说，他卖了半辈子豆腐，没亏过人一星半点。那天晚上我们打赌时，他怕撑坏了大钟，在秤杆上耍了鬼。他收了我们五斤豆腐的钱，只称了四斤四两豆腐。原来他想以后我们买豆腐时，暗暗补上就是了，可是，打明天起，他就不卖豆腐了……

"为什么不卖豆腐了？"我问。

　　"上头说了，推着小车儿卖豆腐，走的是资本主义道路。"说完，他走了，去卖最后一车儿豆腐。

　　那天晚上，路大叔的梆子一直敲到半夜里。那声音很沉闷，很紧急，仿佛就在我屋后，在我窗口，在我心里……

# 枪　声
## ——梦庄记事之十五

小林被捕才一个月，就要判刑了，死刑。

那天天不亮，村里就响起了紧急的钟声。县里指示，梦庄的所有干部、社员、四类分子，都要去参加公判大会。人们顶着星光去了，排着长长的队伍，喊着愤怒的口号……

那天我没去参加公判大会，我向队长请了假，说是中了暑。我知道他犯了重罪，强奸虽然未遂，但他拦劫的是我的同类——秦庄一个女"知青"。那时的法律格外保护女"知青"，正如人们呼喊的口号："路小林破坏知识青年上山下乡，罪该万死！"我不能救他，也不忍看他，他是我的朋友，他才十八岁啊！

人们去了，都去了，梦庄显得特别空，特别大。我在我的小土屋里坐不住，在村里也待不住。我躺在村外的一棵杨树底下，望着灰白的太阳，估摸着那难熬的时刻：

公判大会开始了，公判大会结束了，警车、刑车、摩托车一齐开动了……我希望太阳走慢一点儿，又希望太阳走快一点儿。大街、石桥、南门、沙滩，到了，到了，砰！我眼前一黑，仿佛自己被枪决了，身子化作飞灰，变成了烟尘……

醒来又是一片星光。黑沉沉的青纱帐里，浇地的人们在说话：

"看见了吗？"

"看见了，挺好的一个孩子，怎么走到那条路上去了？"

"听说是看了一个什么帖子？"

"不，听说是听了坏故事。"

"谁给他讲坏故事？"

"城里那个下放的学生……"

我从地上爬起来，心里有些害怕，身上有些发冷。我回忆着我和小林的交往，反省着自己的言行。我没有给他讲过什么故事，给他讲故事的不是我……

那是一个深秋的晚上，一个身体瘦小的男孩子哭着跑到我的小土屋里。他的头发乱蓬蓬的，脸很脏，脚上只穿着一只鞋。他说他刚刚挨了父亲的打，要在我屋里睡下。这个孩子就是小林，我们每天在一起拉车，但是没有说过话。

那天晚上，我们两个躺在炕上，说了很多的话。我问他多大年岁了，他说十六了；我问他为什么不上学，他说上学没意思；我问他为什么挨打，他说因为听了坏故事。我让他讲个坏故事，他想了一下，就讲起来了。也许是他的记性不好，也许是怕我睡着了，他讲一句，想一句，问我一声：

　　"从前有一座山，山上有一个庙，——听着哩吗？"

　　"听着哩，一座山，一个庙。"

　　"庙里住着一个老和尚，住着一个小和尚，——听着哩吗？"

　　"听着哩，一个老和尚，一个小和尚。"

　　"老和尚下山化缘，从来不领小和尚——"

　　"听着哩，讲吧！"

　　"有一天，老和尚又要下山，小和尚一定要跟着去，老和尚就答应了。师徒二人下了山，进了城，小和尚看见一群红袄绿裤的大闺女，眼都看直了，就问老和尚：'师父，这是什么东西？'老和尚怕他动了凡心，就说：'是老虎！'师徒二人回到山上，小和尚就病了，茶饭不思，面黄肌瘦。老和尚问他怎么了，小和尚就撇着嘴哭起来了。你猜他说什么？——'我想老虎！'"

　　讲完，他咯咯地笑了，我也笑了：

　　"这个故事是谁讲的？"

"老北瓜。"

"老北瓜是什么人？"

"一个光棍。"

"这个故事并不坏呀！"

"可是我爹不许我听，怕我听了想'老虎'！"

说完，他又笑了。月光里，我看见他有两颗白得发亮的小虎牙……

从此以后，我们两个形影不离了，一起睡觉，一起干活，一起玩耍。路大伯见我们关系亲密，很欢喜。一天，他把我请到家里，非让我喝一点儿酒不可。我喝一盅，他让小林倒一盅，最后他对小林说：

"以后少跟老北瓜在一起，跟你这个哥哥玩儿吧，他有文化。"

我明白老人的心思，以后我和小林玩儿的时候，就教他学文化。那时没有书读，我手里只有一本残缺不全的《京剧大全》，我就按着上面的唱词，教他识字：

> 一马离了西凉界，
> 不由人一阵阵泪洒胸怀，
> 散步儿打从这孙家经过，
> 见一位美大姐貌似嫦娥。
> …………

小林识了不少字，路大伯对我更敬重了。每年端午节，总要送我几个粽子；每年中秋节，总要送我一些红枣。过年的时候，总要把我让到家里，请我一顿酒饭。

得了这些好处，我对小林更尽心了，不光教他识字，有时还给他讲一些自然知识、历史知识。他听得很认真，对于这些知识很感兴趣。一天晚上，我给他讲从猿到人的时候，他听得入了神，眼睛都发直了：

"猿？"

"是一种猴子。"

"我们都是猴儿变的？"

"我们不是，从前的人是。"

"我爹是猴儿变的？"

"也不是。"

我告诉他，人类的祖先才是猴儿变的，很早很早以前的祖先。

"那，我们是什么变的？"

"我们是……"

"小林！"我正要告诉他，路大伯阴沉着脸来到我的小土屋里。他看了看我，看了看小林说，"回家推碾去！"

在我记忆中，只有那一次，路大伯似乎生了我的气。

我得向他讲清楚，那不是坏故事，那是科学知识。

　　街上也黑沉沉的。歇凉的人们坐在碾盘上、树影里，谈论着同一个话题。我从他们身边匆匆走过，忽然听见一阵咕咕的笑声：

　　"看见了吗？"

　　"看见了，小林站在汽车上，一点儿也不害怕，很像李玉和！"

　　"枪真响，叭，像放鞭炮！"

　　"枪不响，噗，像放屁……"

　　土地庙的庙台上，集合着一群歇凉的光棍。不管村里发生了什么事情，他们总是那么快活。

　　"你们说，小林这家伙，怎么走到那条路上去了？"

　　"听说是听了坏故事？"

　　"不，是看了一个帖子。"老北瓜手里拿着一个纸团，笑吟吟地说，"那天小林去赶集，看了这个帖子，不由得想起'老虎'来了。他钻到一块玉米地里，正玩自己那东西，恰巧过来一个梳辫子的'老虎'……"

　　"那是个什么帖子？"光棍们一齐问。

　　"念念！"有人划着一根火柴。

　　"'祖传秘方，专治——'"老北瓜忍着笑，故意压低嗓门："'阳痿不举……'"

　　"哈哈！……"

"'举而不坚……'"

"哈哈!……"

"'坚而不久……'"

"哈哈哈!……"

"懂吗?"

"懂!"一个老光棍,身子向后一仰,笑倒在庙台上。老北瓜立刻指着他说:

"这家伙也想吃枪子儿,——检查检查!"

光棍们哈哈笑着,蜂拥而上,要扒他的裤子……

我没心思看他们打闹,赶紧去找路大伯。我得向他说明情况,我得向他解释清楚,人言可畏啊!

两扇街门紧闭着,院里没有灯光,没有动静。我拍了拍街门,仍然没有动静。我又用力拍了几下,街门才打开一条缝。路大伯脸色灰黄,瘦得像根棍子!我心里一酸,不由流下泪说:

"路大伯,你不要过于悲伤,你要保重身体……"

他呆呆地站着,不言语。

"小林活着时,我没给他讲过坏故事,我只教他念书、识字……"

他仍然不言语。

"听说,秦庄有个卖野药的,在集上贴了一个帖子……"

126

忽然，街门里头拥出一堆人，有小林的姑夫，有小林的舅舅，还有几个女人和孩子。他们如临大敌，一齐向我开了火：

"他要不识字，认得那帖子？"

"认不得那帖子，他能吃枪子儿？"

砰！我眼前一黑，仿佛被枪决了，路大伯紧紧关了街门！

我记得，在很长一段时间里，梦庄的大人们和我疏远了，梦庄的孩子们对我也怀了敌意。我在街上走路，他们就跟在我身后，用手指比成一个"八"字，冲着我的后脑勺射击：

"叭！"

"噗！"

"叭叭！"……

# 亡 友 印 象

## ——梦庄记事之十六

一

1964年11月，两个青年坐在梦庄村西的一个土坡上，监视着荒漠的一览无余的田野。他们的任务是放哨，不许人们到村外的树林里拾柴火。

那两个青年，一个是民兵排长路根生，一个是我。

在寒冷的北风里，我们那样坐着，清闲而又寂寞。一天下午，太阳西沉的时候，我望着西北方向那一片苍茫林带说：

"根生，咱村的树林有多大？"

"很大。"

他对工作非常负责，两只明亮的眼睛，在说话的时候，也注视着坡下的道路，并不看我。

"树林里，有不少枯枝落叶吧？"

"不少，遍地都是。"

"为什么不让人们拾呢？"

"大队规定，集体拾。"

"集体拾了干什么？"

他突然站起来，一跃跑下土坡。远处的小路上，有一个黑点儿朝这里移动着……

那个黑点儿近了，是个年轻的媳妇，背着一筐树叶。根生说：

"站住！"

她没有站住，只是对他笑。

"放下筐子！"

她没有放下筐子，笑着过去了。

他望着她的背影，骂了一句什么，就又坐在土坡上。

我们继续讨论着：

"集体拾了干什么？"

"分给社员们。"

"让社员们自己去拾，不是更省事吗？"

他又站起来，一跃跑下土坡。远处的小路上，又出现了一个黑点儿……

那个黑点儿近了，是个男孩子，也背着筐树叶。根生说：

"站住！"

他没有站住，也对他笑。

"放下筐子！"

他没有放下筐子，颠颠地就跑。

他追上他，把树叶倒在路旁，扣了他的筐子。男孩子去夺筐子，他一拳打在他的脸上！他哭着骂他，他揪住他的头发又打，吓得我闭了眼睛。等我睁开眼睛，只见一个血淋淋的巴掌，亮在男孩子的面前：

"你再骂？"

我吃惊地望着他，他的眼睛，他的鼻孔，他的巴掌那么大！

男孩子哭着走了，他打破人家的鼻子！

我心里很不平，跟他嚷起来：

"你凭什么扣人家的筐子？"

"谁叫他去拾柴火？"他也跟我嚷着，从地上拔了一团枯草，擦着手上的鲜血。

"你怎么不扣那个媳妇的筐子？"

"他能跟她比吗？"

"怎么不能比呢？"

"她是个妇女！"

那团枯草被染红了，扔在路旁，像一朵美丽的野花儿，又像一堆带血的鸡毛。

他偏护妇女。

# 二

1966年2月，他格外地忙起来了，我经常见他拿着一个纸夹子，跟"四清"工作队的人在一起。他仿佛一下长了十来岁，举止言谈，变得很老练，显然是得到了很好的培养。

秋天，他入了党，不久又当了支部书记。

他当了支部书记，工作更忙了，白天开会，晚上也开会。他的女人在地里干活的时候，常常对他表示不满，埋怨他总是半夜里才回家。

他们经常开会的地方，是在村南的小学校里。晚上，我在我的小土屋里，常常听到他们的口号声、呐喊声。我就住在村南口上，和那所小学校，只隔着一条路。

一天半夜里，学校里的口号声、呐喊声刚刚平息，我听见他拍着我的窗户说：

"睡了吗？"

"睡了。"

"起来，点着灯。"

我点着灯，他领进来一个血人！那人个子很高大，长得大头大脑，满脸是血。他找到我的脸盆、香皂，从暖壶里倒了半盆水，对那人说：

"洗洗！"

这个人叫老驴，是个戴帽坏分子，和我不在一个生产队里。他有什么罪恶，我不大清楚，只知道他在困难时期，偷过贫下中农的鸡。据说，村干部们既痛恨他，又喜欢他，他们说他身体健壮，禁打，在运动中是个有用的角色。

老驴洗过脸，根生在他脸上看了看，指着他的一只耳朵说：

"再洗洗！"

老驴又洗了洗那只耳朵。

"记住，回去就睡觉，什么也不许说！"

老驴呆呆地站着，脸上的表情，很像一个精神病人！

"走吧！"

老驴走了。根生在脸盆里洗着手（他手上也有血），骂老驴不老实。我问老驴怎么了，他很气愤地说：

"你晓得，贫下中农都不许到树林里拾柴火，他拾，这不是要翻天吗？"

"可是，你为什么还要让他洗洗脸呢，又给倒水，又给香皂？"

他笑了一下，笑得很苦：

"他还有个老娘啊，也有老婆。"

他皱起眉毛，又说：

"你可不要告诉别人——咱们是朋友！"

我望着那半盆血水，点了点头，我说我不告诉别人。

## 三

1967年～1970年，我们的接触是很频繁的。他常常在夜深人静的时候，悄悄来到我的小土屋里，和我讨论一些我也说不清楚的问题，例如："四清"下台干部能不能成立造反组织？《康熙字典》算不算"四旧"？"县联指""红造总"（县里两个对立的群众组织）哪一个是革命的？他每次找我，手里总是提着一个木头棒子，好像时刻都在防备着什么，令人望而生畏。

但是，我们也有一次接触，印象是很美好的，至今不能忘记。

那年腊月，东街的一个社员结婚，因为是我写的对子，人家一定请我去陪客。我怎么也没料到，当街口上响起鞭炮，新娘进门的时候，引路的竟是根生。他穿着一身新制服，戴着一顶平时轻易不戴的蓝色呢子帽子，显得很年轻，很俊俏。一位老人告诉我他最爱给人家娶亲、送亲，谁家办喜事，他总是有请必到。

那天，他表现得非常活跃。他指挥着一群孩子，一会儿去扒新娘的鞋，一会儿去解新娘的裤腰带，一会儿又在贺喜的妇女中间，偷偷燃放一个鞭炮，吓她们一跳。妇女们嘎嘎地笑着，满院里追赶他，用拳头捶打他，骂他是"黑后台"。一时间，她们忘了他是谁，他也忘了他是谁了。

晚上，那人家准备了两桌酒席，把我和根生安排在一个桌上。平时，他不能喝酒，那天喝得特别多。后来他说不能喝了，一个胖壮大汉便要捏着鼻子灌他。他呵呵地笑着又跟那个大汉碰了几杯。

回家的路上，他的身子摇摇晃晃，我也摇摇晃晃。我说：

"根生，醉了吧？"

"没醉！"他兴犹未尽地说，"后天，有一家聘闺女，还请我去送亲哩！"

"你总是爱干这种事情！"我摇摇晃晃扶住他的肩膀。

"我是爱干这种事情！"他摇摇晃晃搂住我的脖子，"这些年，总是批呀斗呀，天天像打仗！给人家当一天娶亲的、送亲的，我感到很快乐，就像到了另一个世界。所以，平日我对妇女们，特别好。你想，假如没有妇女们，娶谁呀送谁呀，人间哪有这种快乐？假如没有妇女们，我们的生活就更他妈的干枝燎叶的了！"

"我完全同意你的观点！"我喊了一声"妇女万

岁"，两腿一软，倒在地上，只觉得天旋地转……

醒来的时候，天就快明了。一只黑狗站在我们身边，惊奇地望着我们，我们不禁相对而笑。

# 四

1971年5月，我得到一个可靠的消息：县里要调我去做文化工作。可是，等了几天，村里一直没人和我谈。

一天晚上，根生找我来了，告诉了我这个消息。我问他什么时候让我走，他迟疑了一下，说：

"咱们到村外谈谈吧！"

他的声音很低沉，似乎对我有些留恋。我到现在也不明白，他为什么要到村外去谈？

那天晚上没有月亮，天上的星星非常稠密。他像散步一样，领我在村外的小路上转悠，一句话也不说。他是让我看那一片片即将收获的麦田，听垄沟里汩汩的流水吗？

走到村西口上，他才站住了说：

"你走不了，我不让你走。"

"为什么？"我望着他的眼睛说，"咱们可是朋友！"

"正因为咱们是朋友，我才不让你走！"他也望着我的眼睛，"将来，你在梦庄是个有用的人，你有文化，有思想！"

"我有什么思想？"

"村北的树林里，那么多枯枝落叶，为什么不让人们拾呢？"

"不是集体拾吗？"

"集体拾了干什么？"

"不是分给社员们吗？"

"让社员们自己去拾，不是更省事吗？"

说完，走上路旁的一个土坡。

我想起来了，六年以前，就是在这个土坡上，我和他讨论过这个问题，想不到他还记得。

"这就是思想！"他望着坡下的田野，庄重地说，"当时我就没有这个思想，所以，你比我强！"

他让我坐在土坡上，劝我不要走。他说梦庄这个地方不错，村北有茂密的树林子，村西、村南有大片的土地，很有发展的前途；又说将来总有一天，梦庄是会真正需要知识青年的。他说到了那一天，让我当支书，他当副的，他和乡亲们一定好好扶保我，听从我……

我望着他那认真的样子，差点儿笑了，因为我从来没有这样设计过自己的前途。我和他开玩笑说：

"我现在当行不行？"

"现在不行，你不懂阶级斗争。"

"将来也不行，"我终于笑了，"我不是党员，怎么能当支书呢？"

"你赶紧写个申请吧，我介绍你入党！"

"不行不行，"我去心已定，赶忙编了一个谎话，"解放前，我父亲当过伪军。"

他不再说什么，感到很惋惜，很失望。

他终于答应让我走了。我望着即将收获的田野，望着夜色笼罩的村庄，心里又热巴巴的。我留恋这里的乡亲，留恋这里的土地，也留恋这位正在为我失望的朋友。我不知道该用什么言语向他告别，他对我也没有什么嘱咐。我们坐了很久，只说了一句话：

"天上的星星真稠啊。"我说。

"明天是晴天。"他说。

# 五

1976年3月，他被火车撞死了。

梦庄一个向我报丧的大队干部说，去年冬天，县委派去一个工作组，停了根生的职，他们说他支持了"打着集体旗号的资本主义"，犯了方向路线性的错误。根生在公社里被关了一个月，最后没有结果。他心里不服，去向县委反映意见，在进城的途中，罹难于于庄村口铁道上。

听到这个消息，我感到非常意外。去年秋天，在县里的农业展览馆里，我还看到过他的照片：他满面笑容地和乡亲们站在树林里，一手扛着铁锨，一手指着前方，意思是说他在领导人们前进。转眼之间，他怎么得了那样一个罪名呢？

在那样的时候，我不想打听他到底犯了什么错误，我所关心的，只是他的后事了：

"人埋了没有？"

"明天埋人。"大队干部说，根生的死引起了乡亲们的愤怒，大家把他的尸体停放在大队办公室里，要求县委给他做个结论，县委不做结论，就不埋人。今天县委做了结论，他们准备明天埋人。

第二天早晨，我怀着沉痛的心情，赶到了梦庄。不管县委做的什么结论，我总得送送他。

大队部的院子里，摆着很多花圈，挂着很多挽幛，站满了送葬的人。在他的灵前，我只看到了他的两个穿孝的孩子，没有看到他的女人。

他静静地躺在灵床上，头上戴着一顶我曾经见他戴过的蓝色呢子帽子，身上穿着一件我从未见他穿过的军绿色大衣；他的脸洗得很干净，鼻孔里、耳朵里堵着棉球；他的眉毛微微蹙着，他的嘴微微张着，仿佛还有什么话语，要向这个世界诉说……

他的手洗得也很干净，看不到一点儿血迹。一个守灵的人告诉我，村里的医生给他整容时，老驴突然来了，抓住他的手就洗……

起丧的时候，乡亲们都哭了，哭得最痛的是那些年轻的妇女。也许，她们结婚时，都是根生去娶，或是根生去送的吧？

至于县委给他做的什么结论，我一直没有问，到现在也不清楚。

# 云　姑
## ——梦庄记事之十七


梦庄小学校的后面有一片空地，空地的北头，一个用柳树枝儿编扎的栅栏小门里，住着一位云姑。那是1969年的春天吧，大队要在那片空地上给学校盖一排新教室，让我负责备料。那时我是民办教师，又是学校负责人。我指挥着大队的马车拉沙子的时候，云姑也在拉沙子，我们天天见面。

云姑是个年轻的媳妇，长得十分俊俏。刚下乡时，我叫她"云嫂"，她答应得很响亮，后来就不依了。她说她在这个村里，年纪轻辈儿大，一定让我叫她"云姑"，我便叫她"云姑"。

云姑很会过日子，在我印象中，她总是那么忙碌，那么快活。一个小小的院落，种着牵牛花儿，栽着小榆树，搭着北瓜架，被她收拾得生气勃勃。平时下地劳动，她总是背着一个筐子，收工的时候，捎回一筐青草，或是一筐树叶，喂猪、喂鸡、喂鹅。现在，她拉沙子干什么？谁也不晓得。

一天早晨，她又拉着尖尖一车儿沙子，从村外回来了。我走过去问：

"云姑，你拉沙子干什么呀？"

"盖房子呀，"她卸着车说，"兴你们盖房子，就不兴我盖房子吗？"

我怔了一下，半信半疑地望着她。她的丈夫去修水库，常年不在家，她一个女人，怎么能盖房子呢？我朝她家院里看了看，又问：

"云姑，你盖房子，砖呢？"

"还没买哩。"

"木料买了吗？"

"买木料？钱呢？"

我不由笑了，说：

"光有沙子，就能盖房子呀？"

"反正盖房子得用沙子！"她也笑了笑说，"闲着也是闲着，我先拉下沙子，等有了钱，再买砖和木料。我不能总是住那两间茅草房子，慢慢地干呀，学习愚公移山呀！"

说完，满怀信心地笑了。

我们继续拉着沙子，云姑也拉着沙子。我们的沙子堆在她家门前的空地上，她的沙子堆在街门旁边的墙根底下。不久，她的小沙堆就和我们的大沙堆连在一起了。每天天快黑的时候，她便拿一把铁锨，到沙堆前面看一看，把我们的沙子，敛到我们的沙堆上，把她的沙子，敛到她的沙堆上，公私分明，一点儿也不掺和。

云姑每天拉两车儿沙子，可是，她的沙堆却不显大，反倒越拉越小了。一天，我终于发现，一条"沙线"从云姑的沙堆那里，哩哩啦啦地向北延伸过去，到了十字街口，突然消失，不知去向了……

晚上，我怀着一种义愤的心情，藏在附近的树丛里，想看个究竟。我刚刚藏好，半天空中忽然响起云姑的声音："是谁偷了我的沙子？我那沙子是我一车儿一车儿从村西的沙坑里拉来的呀，我一个女人，容易吗？你们拍着心口儿想想，你们偷我的沙子，对不对呀？……"云姑站在房顶上，仰着脸儿，不知疲倦地喝喊着。喝喊了一阵，她便姐姐妹妹儿、姑姑姨姨儿、姥姥妗妗儿地骂起来了！她的语言很丰富，嗓音很悠扬，一套一套的，像念儿歌……

在梦庄的黑夜里，我常常听到这样的声音。谁家的鸡"野"了一个蛋儿，谁家的自留地里少了几根蔬菜，女主人总是要上房骂一骂的。她们骂得非常生动，一气儿可以骂几个钟头，所用语言绝不重复。她们这样骂，仿佛不是为了寻找丢失的东西，只是为了表现一下自己的语言艺术。

平时，听见别人这样骂，我感到很新鲜，很有趣；现在，听着云姑这样骂，我感到很难受，难受得想哭！早春的寒风里，她的嗓音多么清嫩，淡淡的月光下，她的身影多么柔美啊！

"云姑，别骂了，下来吧！"

我走到她家街门口上，对着房上叫了一声。她从房上下来，笑着走到我跟前说：

"你听见我骂了？"

她一点儿也不生气，好像是按照一种规矩，例行了一件公事。

朦胧的月色中，我望着她那一双秀婉的眼睛，不知怎样劝她才好。我看了她好大一会儿，才说：

"云姑，别骂了，千万别骂了！你这样骂，把你的美就破坏了！"

"我哪儿美呀？"她问。

"你哪儿都美，你的嗓子也很美！真的，那是唱歌儿的嗓子，不是骂人的嗓子。那么脏的言语，真不该从你的嗓子里出来！"

她听了很高兴，咯咯地笑了说：

"我美，也不如你美！"

"我美什么？"

"你又识文儿，你又断字儿，你又会念老三篇儿，你又会唱样板戏儿，你看你多美呀！"

笑了一阵，又说：

"听你的，我不骂了。可是，他们再要偷我的沙子，怎么办呀？"

"你放心吧，我有办法！"我望着她家门前那片山峦似的沙堆，胸有成竹地说。我到梦庄好几年了，自以为是了解农民的思想，理解农民的行为的。

第二天早晨，我在她家的黄土院墙上，用白粉笔写了这样几个大字：


**此沙是私人的，请勿偷！**


我又在"此沙"下面，用红粉笔画了一个箭头儿，指着她的沙堆。她问我写的是什么，我说是一道"符"。

这道"符"很灵验。以后几天里，再也没人偷她的沙子了。不过，据一个赶大车的青年报告，我们的沙堆上却少了不少沙子。我听了并不在意，不但不在意，反而很得意，因为这就证明了我的分析判断是正确的。

可是，一天早晨，那道"符"不见了。走近一看，像是被人用一种锐利的东西刮去的。我到学校拿了一支粉笔，刚刚写了一个"此"字儿，街门一响，云姑说：

"别写了，不要它了！"

云姑端着尿盆儿，站在街门口上看着我。她没有洗脸，也没有梳头，刚刚睡醒的眼睛含着笑，显得更俏丽了。我问：

"云姑，是你把咱们的'符'刮去了？"

她笑着点了点头。

"它顶用吗？"·

她又点了点头。

"那为什么不要它了？"

我问了几声，她一直笑而不答。我赶到院里问她，她才跷起尖尖的食指，照我眉心儿一点，说：

"你这样写，把你的美就破坏了！"

她家的鹅，仿佛听懂了她的话，伸长脖子哈、哈、哈地笑起来了！我红着脸说：

"云姑，你的思想真好啊！"

"我思想好，房子破。"

"你真想盖房子？"

"我真想盖房子。"

"你盖得起吗？"

"你瞅着吧！"

说完，她又满怀信心地笑了。

可是，一直到我离开梦庄的时候，她也没有盖上新房子。她家的街门旁边，仍然堆着一堆沙子，沙子后面的土墙上，仍然留着我的手迹——一个被岁月冲淡了的"此"字儿。

# 孔　爷
## ——梦庄记事之十八

1968年冬天，梦庄和全国的农村一样，也成立了一个"贫下中农管理学校小组"。学校里的老师们听到这个消息，非常高兴，因为这个小组的组长不是别人，而是孔爷。

孔爷姓路，不姓孔，叫老孔。他是大队贫协主席、革命委员会委员，还兼任着大队治保主任。关于他的别的情况，我一无所知，当然也就不知道老师们为什么那样欢迎他了。

一天，孔爷领着三个老头儿，两个老婆儿，到学校里来了。我作为学校负责人（那时不叫校长，叫负责人），立即把老师们召集到办公室里，请孔爷讲话，欢迎孔爷指导工作。

孔爷蹲在椅子上，板着脸孔，说：

"你们不用请我讲话，我是个粗人，不会讲话。你们也不用欢迎我指导工作，我这两下子也指导不了你们的工作。咱们还是解决一点儿实际问题吧。解放这么些年了，咱们梦庄学校一直是分两个地方上课，一个'南学'，一个'东学'。这个'南学'还凑合，那个'东学'，根本不是人凸的地儿。明年，找想在'南学'后面，盖一排新房子，把'东学'搬过来，你们看怎么样？"

办公室里响起一片热烈的掌声！掌声未落，孔爷就领着那三个老头儿、两个老婆儿走了。一个本村的老师告诉我，这就是孔爷的作风。

不久，大队革命委员会就做出了关于建设新校舍的决定：明年春天备料，麦收以前施工。备料由我负责。

据说，大队形成这个决定，并不那么顺利。讨论的时候，有的委员说，现在大队还很穷，一切应该因陋就简；有的委员说，目前的中心工作是"斗、批、改"，好像不是盖房子……孔爷不耐烦了，把桌子一拍，板着脸孔说：

"你们说到底盖不盖吧？"

"盖！"委员们立刻统一了思想。这个说，孩子是革命的后代；那个说，孩子是祖国的花朵儿……

那个本村的老师告诉我，平时大队讨论问题，总是这样：孔爷不用讲什么道理，也不用去做谁的思想工作，只要他把桌子一拍，脸色一变，他个人的意见就变成了集体的意见。因为，孔爷革命的时候，别的委员还在吃奶。

第二年春天，我们开始备料了。备料主要是拉砖、拉土、拉沙子、拉石灰，由各生产队出车出人。所谓由我负责备料，就是站在工地上，告诉人们把砖卸到哪里，把土卸到哪里，并不累。我很想利用这个机会，和孔爷交谈交谈，了解一下他的革命历史。

　　一天下午，孔爷扛着一把铁锹，来到工地上。他一见我就板起脸孔：

　　"今天来了几辆车？"

　　"三辆。"我掏出一支烟说，"孔爷，歇歇吧，我很想了解一下你的革命历史。"

　　"哪个队没有出车？"他仍然板着脸孔。

　　我告诉他，两个队没有出车。

　　晚上，他便通过高音喇叭，把那两个队的队长臭骂了一顿，他骂他们是"绝户头心肠"！

　　我记得，几次想和他交谈，都失败了。他的心思完全扑在工程上，整天忙于催车、骂人。老师们和我开玩笑说：

　　"你负责备料，他负责操心。"

　　关于他的个人经历，他只向我讲过一件事，并且讲得很详细。那是一天傍晚，淋完石灰，我们到操场南边的垄沟里洗脸、洗脚，我无意中说：

　　"孔爷，我给你提个意见吧？"

"提吧。"

"以后不要骂人了，那样影响不好。"

"如今的工作不好推动。"他洗着脚说，忽然又问了一句：

"你看我黑不黑？"

"黑。"

"瘦不瘦？"

"瘦。"

"横不横？"

我笑了笑，不好直言。他说：

"你别看我现在这么黑，这么瘦，这么横，我年轻的时候，长得可俊哩，丹凤眼，柳叶眉，杨柳细腰儿，嗓门儿也好听。我在村剧团里是唱坤角儿的。那年正月，我们到胡村唱了两天戏，胡村的村长非要娶了我不可。有人告诉他，我是男的，他还不信。我化着装到茅房里尿泡的时候，他扒着墙头看了看，才死了心。"

我望着天边的落日，不由哈哈笑了。我一直想不明白，对于这件事，他为什么那样津津乐道？莫非，那是他一生当中最大的荣耀？

料备齐了，孔爷召集各队的队长开会，让他们出木工、出瓦工、出壮工。队长们说：

"孔爷，你看什么时候了，麦子黄了梢儿了！"

过了麦收，孔爷又召集他们开会，他们又说：

"孔爷，锄草灭荒正吃紧，挂了锄再说吧！"

挂了锄，哩哩啦啦下起雨来，半月没有晴天。孔爷又召集队长们开会，队长们说："等晴了天……"话犹未了，孔爷把桌子一拍，板着脸扎说：

"你们到底干不干吧？"

"孔爷你下命令吧！"他们这才改变了口气。

几个壮工，冒着小雨干起来了。刚刚挖好地槽，打完夯，就到了秋收种麦的时候，就又停了工。

种上麦子，各队的木工、瓦工才到齐了。但是，那时人们干"社务工"一向是不积极的，工程进度很慢，气得孔爷常常自言自语：

"妈的，很像是给日本人当伕哩！"

眼看要上冻了，还没上梁。

孔爷天天盯在工地上，似乎也不见效。

一天，孔爷急了，指着干活的人们骂：

"你们滚回去吧，我调我的人马呀！"

他的"人马"是指四类分子。那时候，他兼任着大队治保主任。

四类分子们来了，孔爷板着脸孔给他们订立了三条劳动纪律：一、不准吸烟；二、不准喝水；三、不准拉屎撒尿。他还提了一个战斗口号：掉块子肉，脱层子皮，上冻以前也得给我上大泥！

房子终于盖成了，上冻之前，总算上了大泥。

孔爷一松心，病了。

孔爷生着病，每天还要来看看新房子。他的心情很好，但是仍然板着脸孔，没有一丝笑容。一天，我扶他看着新房子，不由得说：

"孔爷，我向你提个问题吧？"

"提吧。"他说。

"我到梦庄好几年了，不管什么时候见到你，你总是板着脸孔，你猜人们怎么说？"

他站住脚，眯着眼睛听。

"人们说，孔爷天生的不会笑，这是真的吗？"

他仿佛笑了一下，说：

"我不是不会笑，我是觉得我的工作不能笑。我是贫协主席，代表着贫下中农哩，贫下中农能嬉皮笑脸的吗？我又是治保主任，管着四类分子哩，对四类分子能笑吗？你看见了，我要是笑着，这排房子能盖起来吗？"

"孔爷！房子盖起来了，你笑吧，你尽情地笑吧！"我说。

他真的笑了。他笑得挺好看，很像一个和蔼的老太太。

孔爷笑过不久，便辞去了所有的职务，到村北的树林里看树去了。他辞职的理由是：年老体弱，不能胜任现在的工作。

后来，我才知道了孔爷"辞职"的真正原因。有一天，公社革命委员会的主任来检查整党工作，在党员大会上，突然提出一个问题，让大家进行路线分析，老孔让贫下中农"滚"回去，请四类分子修建校舍，属于什么性质？当天晚上，他和孔爷谈了一次话，孔爷便辞了职。

放了寒假，我和几个老师到树林里去看他。一个女老师，一看见他就哭了说：

"孔爷！他们这样对待你，你冤不冤呀？"

"不冤，冤什么？"他却笑眯眯地说，"组织上宽大，同志们温暖，不往深里追了，还不便宜咱？你们说，要往深里追一下，不是阶级立场问题是什么？咱更呛不了了！"

"孔爷，你当时怎么没有想到这一层呢？"我问。

"咱没文化，想不了那么深刻。"他仍然笑着说，"要不我常说，没文化不行啊，要不咱得努力办学啊！"

他说话的声音很大，底气很足，而且满脸是笑，仿佛返老还童了。他让我们参观了他的小屋，参观了他的锅灶，还领我们到树林里转了转。走到林子深处，听见几只鸟叫，他便放开嗓子唱了两声：

"老了老了真老了，十八年老了我王氏宝（呃）钏……"

他的嗓子确实不错。

154

# 飞 机 场 上

## ——梦庄记事之十九

就像做梦似的，我们这个小小的县城里，忽然有了一个飞机场。买张飞机票，天上转一圈儿，可以看全城。

城里有什么？九楼四塔八大寺，建于唐宋元明清。还是这些古董，从前叫"四旧"，现在叫"国宝"，不但中国人要看，外国人也要看——也像做梦似的。

自从有了飞机场，给我添了不少麻烦。一些农民朋友，经常找我"走后门"，让我买飞机票。飞机票的生意很兴隆，尤其是在旅游的旺季，飞机票很难买到手的。

正月里，梦庄来了一群妇女，也让我买飞机票。年轻的一时认不清了，我只认得和我年纪相仿的魏嫂、路嫂和黄嫂。三位大嫂红光满面，穿戴一新，魏嫂代表她们说：

"嫂子们求你来了，请你去买几张飞机票。咱村不少人，坐过飞机了，他们说飞机飞得可高哩，坐上可晕哩。正月里，我们也来晕一晕！"

说着，把一叠很新的票子，塞到我手里。我笑着说：

"魏嫂，你也敢坐飞机？"

"我怎么不敢坐飞机？"

"那飞机，比电碾子更可怕呀！"

路嫂和黄嫂，哈哈地笑了。

那年秋天，大队油坊里安了一个电碾子，魏嫂看了，大惊失色，满街里嚷叫："快去看吧，油坊里闹鬼儿哩，一个小碾子，没有人推，没有驴拉，自个儿忽碌忽碌乱转！"这件事情曾在村里传为笑谈。

魏嫂也哈哈笑了，高声大嗓地说：

"我不怕，八十年代的老太太，吗都不怕了！"

飞机场坐落在县城东北方向的城角楼下。原先这里是一片庄稼地，现在变得宛如一个繁华的小城镇，一行行树木，一排排新房，一片片做生意的车、棚、帐。我领她们到了那里，买票的人们排着长长的队伍，飞机正在天上飞翔。我从后门进去，买了飞机票，便领她们到"清心茶馆"等候飞机。"清心茶馆"说是茶馆，里面也卖香烟，也卖食品，也卖各种饮料。三间门脸儿青砖青瓦，古色古香，黑漆门柱上贴着一副醒目的大红春联：


生意春前草
财源雨后泉

因为是我给这个茶馆取的名字，题的匾额，茶馆的王掌柜和我十分友好。见我领着客人来了，赶忙在靠近窗子的地方，抹干净一张桌子，清声亮嗓地说：

"老兄好久没有来了，这里坐吧！大嫂们坐飞机吗？好啊，俯览古城全貌，领略无限风光……"

说着，沏了一壶茶水，端上瓜子儿一碟。我让她们坐下了说：

"三位大嫂来了，三位大哥怎么没有来呢？"

"原说要来的，临时又变了卦。"魏嫂说，"去年冬天，他们三个做伴儿到山西卖花生，坐了一次火车，今天就说：'坐过火车的不坐飞机了，没有坐过火车的坐飞机去吧。'——三个土蛋，舍不得花钱！"

说完，又哈哈地笑了。

"奶奶，我吃甘蔗！"一个戴皮帽的男孩子说。

魏嫂掏出一块钱，给了男孩子。

"奶奶，我吃冰糖葫芦！"一扎小辫子的女孩喊叫。

路嫂掏出一块钱，给了女孩子。

两个孩子拿着钱，一蹦三跳地跑出去了。

茶客多起来了，阳光从窗子里照进来，茶馆里既热闹又暖和。三位大嫂嗑着瓜子儿，喝着茶水，谈天说地十分快乐。可是，当我问到村里的情况，路嫂突然拍了一个响亮的巴掌，说：

"完了！"

"什么完了？"我一惊。

魏嫂和路嫂，一唱一和地说：

"地早分了！"

"牲口早卖了！"

"好好儿一个集体，完了！"

魏嫂说着又拍了一个巴掌。

"她们两个吃了饭净在一起发牢骚，迟早要当反革命。"黄嫂指着魏嫂和路嫂，笑模悠悠地说。

我在村里的时候，魏嫂、路嫂就爱发牢骚。她们"根正苗红"，胆子也大，敢在大街上叫唤"吃不饱"，埋怨"布票不能顶钱花"。黄嫂就不同了，别人发牢骚的时候，只是静静地听着，从不搭话。她时刻记着自己是个富裕中农，应该夹着尾巴。

"我不是发牢骚，我说的是实话！"魏嫂一气儿喝干一碗茶，诉苦似的对我说，"从前种地队长操心，如今种地自己着急！你就说那个电吧，能把人气哭，也能把人气笑。黑夜该你浇地了，它停了，一等不来，二等不来，你刚刚钻了被窝儿……"

"它来了。"王掌柜趴着柜台，忽然插了一句。

"赶紧穿上衣裳，往地里跑吧，你刚刚跑到

地里……"

"它又停了。"王掌柜给我们续着水，笑眯眯地说，"这位大嫂讲的是实情，不是反革命。"

魏嫂好像遇见了知己，望着王掌柜说：

"这位大哥，也是乡下人？"

"城东的。"王掌柜眯着一双小眼睛笑着，谦虚地说，"去年春天，在各级领导的关怀下，在这里租了一块地皮，开了个小茶馆，个体户。"

"生意发财？"

"凑合。"

"好啊，你不用着急了！"魏嫂撇下王掌柜，指着自己的头发对我说，"你看看，你在村里时，我墨黑的头发，如今呢，头发都给急白了！"

"娘，二十年了，你不着急头发也该白了。"一个长得白白净净的媳妇，用手背掩着嘴角笑了说。

这个媳妇很腼腆，很俊俏。我看了她好大一阵，才说：

"你是……"

"我是燕巧。"她笑了。

"我是她婆婆！"魏嫂也笑了，骄傲地说。

燕巧不是大队林果技术员吗？我在村里时，经常在果园里看见一个身材苗条的姑娘，施肥，浇水，除虫，剪枝，嘴里总是哼着歌儿……

"奶奶，飞机下来了！"一片隆隆的声音，两个孩子跑回来了，兴奋地指着飞机场说。

一架银白色的飞机，挟着巨风，正在机场上滑翔降落。三位大嫂伸长脖子从窗子里望着那个闪闪发亮的庞然大物，惊奇地说：

"噢，这就是飞机！"

"三个翅膀，看清了吗？"

"看清了。"魏嫂担心地说，"飞到天上停了电，可怎么着？"

两个孩子不怕停电，嚷着要坐飞机。我告诉他们等下一班再坐，他们就又跑出去了。

飞机又起飞了。三位大嫂望着窗外，继续讨论飞机到了天上会不会停电，我关心着梦庄的果园：

"燕巧现在还当技术员吗？"

"果园早就被人承包了，她到哪里当技术员？"一个半天没有说话，脸色黑黑下巴尖尖的媳妇说。

我望着这个媳妇，一点儿印象也没有了。黄嫂告诉我，这是路嫂的儿媳妇，李庄的娘家，名叫兰娥。

"现在，果园的收成如何？"我问兰娥。

"不晓得！"兰娥看了燕巧一眼，愤愤地说。

提起果园，燕巧也变了脸色。她说承包果园的时候，只定经济指标，不定施肥指标、病虫防治指标和果树生长指标。结果，承包者只求高产，不肯投资，不少果树已经得了腐烂病……

我放下茶碗，也愤愤然了：

"村干部不管吗？"

"村干部？"兰娥冷笑着说，"有人说村干部入着股，村干部说没入股，谁晓得到底入股没入股？"

"乡政府也不管吗？"

"乡政府？"魏嫂哈哈笑了，"乡政府那么忙，哪顾上管这等事？"

"他们忙着干什么？"

"路嫂，你说吧！"

"魏嫂，你说吧！"

结果谁也没有说。

"那么，燕巧现在干什么呢？"

"立着！"兰娥嘴快。

"立着？"我没听懂。

"立着！"路嫂向我解释说，"你到村里看看去，从村南口到村北口，天天立着一堆人，东看老鸹西看燕儿。那么一点儿土地，搁不住种，不立着干什么？"

我明白了。去年春天，在下乡扶贫动员大会上，县长反复地讲，在我们这个地区，下乡扶贫的主要任务是解决农村剩余劳力的问题，我想指的就是农民"立着"的问题了。

"县里派了不少干部下乡扶贫，咱村有人去了吗？"

"有人去了。"燕巧说，"去了一个老孙，一个小吴，他们说：'要想富，上项目。'我找他们要项目，他们让我卖烧饼。"

"我找他们要项目，他们也让卖烧饼！"兰娥说。

"你听听，你听听。"魏嫂又被气笑了，高声大嗓地说，"都XX卖烧饼，谁XX吃烧饼！"

"反革命。"黄嫂指着魏嫂，咕咕地笑了。

满屋茶客都笑了，我也笑了：

"这么说，你们属于没有脱贫的户了？"

"我们脱不了贫！"路嫂冷着脸儿说，"一等人去承包，二等人做买卖，我们是三等人！"

"三等人一样坐飞机！"魏嫂突然站起来，虎视眈眈地说，"路嫂，别把咱们看得太低气了，卖半布袋花生，卖几把子辣椒秧茄子秧，谁敢不叫咱们上飞机？"

"别说了，飞机下来了！"黄嫂也站起来，指着窗外说。

一片隆隆的声音，两个孩子又跑回来了。我付了茶钱，正要领她们走，王掌柜忽然瞅定路嫂说：

"这位大嫂，你说我是几等人？"

"你是二等人。"路嫂说。

王掌柜摇摇头，苦眉苦眼地笑了笑说：

"你们的话，我都听见了，我也说几句吧。刚才，就在你们发牢骚的时候，物价局来了一位同志，买了我五袋橘子粉，我不要钱，人家非给不可。推让了半天，我才收了钱。一袋橘子粉进价一块九毛八分钱，五袋橘子粉，你们猜给了多少钱？五块钱。我还得说：'哎呀，同志，你真廉洁呀，哈哈哈！'——你们说我是几等人？"

三位大嫂都笑了，一齐指着王掌柜说：

"咱们发牢骚，他也发牢骚，真是没想到。"

外面阳光好灿烂，一架银白色的飞机，真实地落在她们眼前。我领她们朝那里走着，忽然想起一句话，还没有问清楚：

"魏嫂，你们告诉我，乡政府到底忙着干什么？"

"催粮催款！"魏嫂说。

"刮宫引产！"路嫂说。

黄嫂不怕当反革命了，也说：

"卖书卖报，推销耗子药！"

她们朝我笑了笑，大姑娘上轿似的，上了飞机。

飞机开动了，在一片浩大的隆隆的声音里，挟着巨风向前冲去。

隆隆的声音变弱了。

飞机变小了。

她们满腹牢骚飞到天上去了。

# 会上树的姑娘
## ——梦庄记事之二十

我到梦庄不久，便听到一句歌谣："王庄的姑娘会织布，梦庄的姑娘会上树。"王庄离梦庄三里地，那里的姑娘们怎样织布，我并不关心，梦庄的姑娘们怎样上树，却引起我很大的兴趣。

我们房东家，有个姑娘就会上树，据说身手不凡的。那姑娘叫小欢，当时不过十六七岁，小巧的身材，墨黑的头发，长得很白净。我们无法想象，这么一个姑娘，怎么会上树呢？一天，在地里干着活，和我一块儿下乡的石小芳故意逗她：

"小欢，你都会干什么活呀？"

"我会绣花儿。"她说。

"别的呢？"

"我会做鞋。"

"那是细活，粗活呢？"

"我会锄地，也会摘棉花。"

小芳忍不住了，指着井台上的一棵大杨树说：

"那棵树，你上得去吗？"

"你哩？"

"我们城里姑娘，哪会上树呀？"

"你不会，我也不会！"

她的脸红红的，眼里像有敌意。

那天中午收工后，我们正要做饭，听见她父亲叫她：

"小欢，上树捋点儿榆钱儿吧，吃'苦累'呀。"

她家院里就有不少树木，有榆树，有槐树，我们屋的窗子前面，还有一棵合欢树。她在院里洗了洗脸，到屋里去了。我们以为她去拿篮子，就在院里等着观看。可是等了很久，她再也不出来了。她父亲两手一摊，朝我们笑了笑说：

"看，你们来了，欢儿变娇了，不肯上树了。"

小欢的父亲还不到四十岁，长得很是糟糕。他的头顶早秃了，头顶四周立着几根黄黄的头发，像是旱坏的禾苗；他像有什么病症，眼里总是含着泪，嘴角里也湿汪汪的，显得水分很充足。可是他爱说话，吃饭的时候，他便端了一只大碗，蹲在合欢树下，不住地和我们说话。他说梦庄紧挨着老磁河沙滩，属于风沙地带，1949年春天，华北人民政府在附近的一个村里成立了冀西沙荒造林局，他们就开始栽树了，村里村外，栽的净树。他又告诉我们，村里粮食紧缺，花钱困难，庄稼人的生活来源一半指望地里，一半指望树上。春天，孩子们上树捋榆钱儿、采槐花儿，榆钱儿槐花儿掺一点儿玉米面蒸了，就是一顿饭，村里人叫"苦累"；秋天，孩子们上树扒槐角，打出槐籽能卖钱。他说去年秋天，小欢上树扒槐角，给他"扒"了一个皮袄，给她娘"扒"了一条棉裤。我们听了咯咯地笑，小欢便在屋里摔打一件什么东西。他听见了，赶忙吸溜一下嘴角的水分，笑笑说：

"不说了，不说了，欢儿急了。"

真的，我们到了梦庄，好像破坏了这里的风俗，姑娘们当着我们的面，再也不肯上树了。一个春深夏浅的日子，我们几个下乡知青到村西的沙岗上玩耍，路上看见几个姑娘，手里拿着篮子，站在一棵大槐树下，是要上树的样子。我们就悄悄躲在附近一片小树丛里，等着观看。她们把辫子盘在脖子里，正要行动，一个姑娘忽然叫了一声："有贼！"我们暴露了目标，她们就像一群惊弓之鸟，笑着跑散了。

那年秋天，终于得到一个观看姑娘们上树的机会，那年村里成立了俱乐部，为了置买服装、乐器，大队长让我们参加一天义务劳动，到村北的树林里扒槐角去，他把我们分成几个小组。每一个小组里，有会上树的，有不会上树的。我们那一组里，有我，有小芳，我们属于不会上树的，会上树的是三个本村姑娘：文雁、春女和小欢——小欢嗓子好，也被动员参加了俱乐部。

大队长做了动员，问我们能不能完成任务，我们说能，以小欢为首的姑娘们却唱歌儿似的一齐回答：

"不能——"

"怎么不能？"大队长问。

"我们来例假啦！"小欢大胆地说。

我们都笑了，姑娘们低着头，也偷偷地笑了。

大队长生气了，对姑娘们做了严肃的批评。他说你们参加了俱乐部，成了村里的文艺工作者，可是你们不能忘了，你们都是梦庄的闺女，你们不能丢了梦庄的传统。一个人来例假，都来例假吗？姑娘们偷偷地笑着，不再言声了。

那天早饭后，我们一人背着一个荆条筐子，来到村北的树林里。她们走得很快，到了林子深处，她们还不住脚。那真是一片好林子啊，一棵棵洋槐树，遮天蔽日，林中光线像是到了黄昏时候。林间的草地上开着野花，生着一丛丛的紫穗槐，小鸟一叫，像有回声。走到一片野花盛开的地方，小芳不走了，催她们上树。她们放下筐子，文雁看看春女，春女看看小欢，小欢两脚向后一踢，脱了鞋，命令我们说：

"你们朝前迈十步吧！"

　　"迈十步干什么？"我说。

　　"你不要问，要不你们上树。"

　　我和小芳笑了笑，只好向前迈去。她们数着我们的步子，一齐喊着：　、二、三、四，喊着喊着，忽然不喊了。我们回身看去，不见了她们的影子，树下放着她们的鞋。仰头一看，文雁高高坐在一个树枝上，悠着脚丫，朝我们笑；春女躺在一个倾斜的树杈子上，两手抱着肩，像是睡着了；小欢上得更高了，人也变小了，一串串槐角从天上落下来，下雨一般……

　　她们上得真快呀，我只看见了树上的姑娘们，到底没有看见姑娘们上树。

# 写 对 子
## ——梦庄记事之二十一

梦庄是个贫苦的地方，可是过年的时候，人们很爱贴对子，并且贴得很铺张：街门上贴，屋门上也贴，树身上贴个"栽子"，影壁上贴个"斗方"，猪圈的草棚上也要贴个"黑猪满圈"，队里的大车上也要贴个"日行千里"，贴得村里一片火红，十分好看。——遇到雪天，白雪红对子，更好看。

村里能写对子的人好像不多：一个是西街的黄玉明，一个是东街的路老鹤，后来我也算一个。一到年根儿，我们就在街上放一张桌子，给人们写对子，东街一摊，西街一摊，大队门口一摊。谁写对子谁拿纸，大队供给墨汁。

现在回忆起来，那是一件很愉快的工作。暖和的阳光下，人们众星捧月似的围绕了我，人人喜气洋洋的，情绪像梅红纸。干部们喜欢写新词，社员们喜欢写古词。新词报纸上有，古词在人们心里：春回大地呀，万象更新呀，三星在户呀，五福临门呀……尽是人间最美好的话语。

有一天，村南口的路老杏也来写对子。路老杏五十多岁了，高大的身材，焦黄的脸，我到梦庄一年了，从没见他和人说过话，人们也不和他说话——他头上戴着一顶富农的帽子。治保主任见他拿着红纸过来了，说：

"路老杏，你也写对子？"

"行吗？"他问。

治保主任也姓路，叫铁棍，平时脸色如铁，说话像棍，人们都很怕他。这时候，却也笑着说：

"行，过年嘛，我们炮轰金门、马祖，还停炮七天哩。——你写吧！"

我却有些作难了，给他写什么词句呢？他想写个"天增岁月人增寿，春满乾坤福满门"，人们便笑着呵斥他：

"不行，你有了福气，我们就该受罪了！"

"要不，写个爱国的内容吧？"

"你爱国也是假的！"

他也呵呵笑了，笑得十分好看。他知道人们是在"批逗"他，而不是批斗他——一年到头，他是难得这么一回"批逗"的。他像戏台上的丑角，又是蹙眉，又是呲嘴，抓耳挠腮地表演了一番，然后望着我说：

"你是城里的学生，有文化，你给琢磨两句吧！"

我想了一下，挥笔给他写了一副：

有空多拾粪

没事少赶集

　　横批：

　　奉公守法

　　人们看了哈哈大笑，都说我写得好，编得也好，果然有文化。路老杏也很满意，"好，就是它了，年年是它了！"墨迹未干，他便一手提了半副，飞一般走了。"飞"到拐弯的地方，他还故意蹦了两蹦，像扭秧歌，人们笑得更欢了。那天地上有雪，铁棍放声笑着，竟然望着他的背影喊了一声：

　　"慢走啊，大伯，别摔倒了！"

　　铁棍嗓门大，一声呐喊，震得树上的雪簌簌落了一片。

# 杜 小 香
## ——梦庄记事之二十二

我们刚到梦庄的时候，每个周末的下午，可以不去下地劳动，大家坐在一起念念报纸，队里也给记工。那是我们学习的日子，也是我们休息的日子。

一天下午，我们正念报纸，天上掉下一只篮子。抬头一看，南院的房檐上，站着一个皮肤稍黑，但挺耐看的姑娘，她朝我们一笑，就从房上下去了。——那是我们队上卖豆腐的老杜的最小的女儿，名叫小香的。

小香来了，来拿她的篮子。小香平时不爱打扮，那天她穿了一件干净的浅花褂子，显得很鲜亮，身上还有一股淡淡的香胰子味儿。我放下报纸说：

"小香，上房干什么呀？"

"晾一点儿萝卜片儿。"

"篮子怎么掉了？"

"刮的，风刮的。"

她看看天，自己先笑了，那天没有风。

我们让她坐下玩一会儿，她不坐，一副拿了篮子立刻就走的样子。可是她又不走，一双明亮而又欢喜的眼睛，一个一个地看着我们，像是寻找一件稀罕东西：

"他哩？"

"谁呀？"

"武松，你们的武松。"

我明白了，她是来看叶小君的。我们到达梦庄的那天晚上，村里举办了一个联欢晚会，我们演出了三个节目：一个大合唱，一个小合唱，最后叶小君说了一段山东快书——《武松打虎》。他说得并不太好，又没鸳鸯板伴奏，却博得了一阵又一阵的掌声，乐得人们大呼小叫。说完一段，不行，又说了一段。于是小君成了一颗明星，村里的姑娘、媳妇们，都想瞻仰他的风采，生产队长派活时，也喊他"武松"。

我告诉她，小君回城去了，明天就回来。她说：

"听说他还会拉胡琴？"

"会，他还会吹横笛儿。"

"他真行呀，能编那么多的词句，编得又快又顺嘴儿，一眨眼一句，一眨眼一句……"

我们都笑了。我告诉她，那些词句，不是小君现编的，而是有人写好了的，小君是背过了；我又告诉她，那写词的叫作者，小君是表演者。她认真地听着，不住地点头，像是获得了一种新的知识，懂得了一个深奥的道理。

那年收了秋，以我们下乡知青为主体，村里成立了俱乐部。我们白天劳动，黑夜排戏。白天劳动是拉土，把地里的黄土，一车一车地拉到村里去，堆积在一个地方，明年垫圈积肥用。拉土并不累，一人驾辕子，十几人乃至二十几人拉索子，悠悠晃晃，好似散步。但我觉得冬天的拉土，苦于夏日的锄地——夏日锄地，地头再长也有尽头。拉土就不同了，只要岁月没有穷尽，地里的黄土没有穷尽，我们就没有完成任务的时候，一天又一天，一趟又一趟的。只有到了黑夜，我们才能换了干净的衣服，集合到俱乐部里，新鲜一下自己，娱悦一下自己。若干年后读《圣经》，《创世纪》中写道：天、地、人，青草树木、飞鸟昆虫，以及白天和黑夜，都是神创造的。我觉得那位神的最大功绩，是他创造白天的时候，没有忘了创造黑夜。假如没有黑夜，我们在梦庄那些年，该是怎么度过啊！

我们的节目并不精彩，但很招人喜爱。演出的时候，舞台前面的广场上，广场后面的土坡上，以及周围的房上、树上，全是人！小香总是在舞台西侧靠前一点儿的地方，放一条板凳，站上去观看（板凳上还有两个姑娘，一左一右，她在中间）。她看演出的时候，微微仰着下巴，张着嘴，眉眼都在用着力气。我在台上拉着二胡，望着她那专注的表情，天真地想：我们的祖先，莫非料到日后有个小香，才发明了管弦锣鼓，歌舞百戏？

那年腊月，村里不少青年，要求参加俱乐部，小香也报了名。小君是俱乐部的导演，一定要考考他们，以防滥竽充数。小君嘴冷，小香刚刚唱了一句歌，他便笑了，他说她嗓门不小，五音不全，唱歌不行，卖豆腐可以。

我看见，小香出了俱乐部的门，躲在一个角落里，呜呜哭起来了。——那么冷天！

小香不看我们排戏了。

也不看我们演出了。

她在街上看见我们，装作没看见。

小香没有文艺的天才，但她一直爱好文艺。那年农历三月三，吴兴村接了一台戏，她是黑夜也看，白天也看的。

剧团走了，她失踪了。

村人传言，小香跟着戏子跑了。

她的父亲并不着急，因为剧团到了北孙村——小香有个姑姑，是那村里的。

过了六七天，她才回来了。我们问她干什么去了，她说：

"我呀，看戏去了啊。"

"这么些天，你在哪里吃饭？"

　　"我小香，能没地方吃饭？"

　　"你在哪里睡觉？"

　　"我小香，能没地方睡觉？"

　　她没提她的姑姑，她说她和剧团里的一个坤角，拜了干姊妹，最后把脸儿一仰，说：

　　"我呀，文艺界里有亲戚！"

# 迎春酒会

## ——梦庄记事之二十三

1971年春天，我被调到县里工作，家属仍然留在梦庄，遇到假日，还得回村去过。于是每年的春节前夕，我都要参加村里举行的迎春酒会。

迎春酒会是在晚上举行，地点是在小学校的一个教室里。宴请的对象是我们几个在外面工作的人，所有大队干部作陪。酒是色酒，没有菜肴，只有一堆花生，一堆瓜子，一把水果糖。

迎春酒会年年是由老路主持。我们刚到梦庄的时候，老路是支部书记，"四清"以后，因为年龄关系，他的侄子接替了他的职务，他只做了一名支部委员。他在村里威信高，辈分大，村里有了重大事情，仍然请他出头，譬如迎春酒会。

老路确实老了，满头灰发，一嘴假牙，说话非常小心（一不小心，牙就掉了）。他先让他的侄子介绍一下村里一年来的工作情况、生产情况，以及明年的设想，然后一一询问我们，家里有什么困难需要村里照顾，最后让我们谈一谈，在新的一年里，我们将为家乡做些什么贡献——这才是酒会的主题。

首先发言的总是麻子老黄。老黄是化肥厂的一个科长，块头大，酒量大，发言的嗓门也大，他说：

"家乡如果需要化肥，说话！"

老黄的发言总能博得一片热烈的掌声。那时化肥紧缺，不能满足供应，老黄是酒会上的一颗太阳！

老路显得很激动，举着酒杯走到他面前说：

"老黄，我敬你一杯！"

"哎呀，折煞我了！"

"家里粮食够吃不？"

"够吃，够吃。"

"布票够花不？"

"够花，够花。"

"房子漏不漏？"

"不漏，不漏。"

"有吗困难，说话！"

两人碰碰杯，干了杯中酒。

接着发言的是眼镜老魏。老魏在物资部门工作，好像也是个头头。他有文化，发言比较啰嗦一些，首先谈论一番自己对于国际国内形势的认识，然后肯定一下村里取得的成绩，最后说：

"家乡如果需要钢材木材，说话！"

老魏的发言也能博得一片掌声。老路也要给他敬酒，也要表示一番格外的关怀。

除了老黄和老魏，别人的发言就没什么意思了。东街的另外一个老黄是农机修配厂的工人，他说村里的电动机、柴油机坏了，找他，随到随修，不用排队；西街的另外一个老魏在石灰窑上装车，他说村里买石灰的时候，找他，保证净给石灰块子，不给石灰面子；小祁和小路在农科站工作，他们说站上有了新种子新技术，一定先到村里试验推广。有两个人是只嗑瓜子不发言的。一个是南街的尚桂荣，一个是北街的王文玉。尚桂荣在城里当小学教员，王文玉在火化场工作，实在没说的。

最后一个发言的是我。我还没有开口，有人就笑了，我说：

"我在文化馆工作，家乡如果需要演唱材料，说话！"

我的发言没有掌声，只有一片笑声。

"笑什么？"老路站起来，喝止大家的笑声。他说演唱材料是宣传毛泽东思想的，比什么都重要。他也和我碰杯，希望我把毛泽东思想的阳光雨露，及时送回村里来。

老路不会喝酒，酒一沾唇就醉。我和他住在一道街里，回家的路上，我总是搀扶着他。有一回，酒兴所致，他不想回家了，一定要领我到处看一看。那天夜里刮着风，地上又有积雪，天气格外的冷。我跟他走到村北的河滩里，又跟他绕到村西的沙岗上，最后顺着村南的一条小路回到村里。他像梦游似的，摇摇晃晃地走着，指指点点地说着：这里搞果粮间作啊，那里办鹿场啊；这里修水塔、那里盖澡堂啊……看他酒醒了，我说：

"老路，年年举行这样的酒会，你觉得合适吗？"

"怎么不合适？"他问。

"这样的酒会，是'走后门'啊！"

他叹一口气，用批判阶级敌人的话，批判自己，他说：

"唉，咱也是人还在心不死，狗急跳墙啊！"

说罢，咕咕地笑了。

在我记忆里，我们这些人并没给村里办过什么事情，可是那迎春酒会，年年都要举行，后来又把宴请的对象，扩大到外村去了——凡是梦庄的女婿，在外面工作的，也要邀请。

现在，梦庄还举行这样的酒会吗？

# 后　记

　　贾大山老师有两条文学根脉，一是正定古城，另一个就是正定的乡村沃野。当年，他就是以荣获全国首届优秀短篇小说奖的乡土题材作品《取经》蜚声中国文坛的。

　　进入二十世纪八十年代，他的创作理念与手法发生改变，而且更趋成熟老到，写出了《小果》《中秋节》《花市》《村戏》等短篇佳作，那清新简洁的白描手法和优美雅致的意境，颇有"荷花淀派"的韵味。这个时期他开始关注当下农民的精神层面，以及改革开放对他们生活和价值观的影响，并且涉及农村基层干部工作作风与干群关系，虽说有明显的时代烙印，但所倡导的是人性的温暖和美好；对在当时社会环境下人性的丑陋与虚伪，也极具揶揄和讽刺；而且细节真实生动，语言机智幽默，具有一种超越时代的恒久艺术魅力。

　　八十年代后期，中国文坛发生了很大变化，各种思潮和写法让人目不暇接。大山老师却不为各种现代思潮所左右，执着地坚守自己的艺术理想和审美追求，始终保持内心的那份"纯净"。随着年龄的增长，他越发怀念那段下乡插队的日子。他曾向我表达过对田园生活的向往："还是住在乡下好啊，院里种上几棵大树，吃过晚饭沏上一壶茶，往树下的靠椅上一躺，那才叫个舒服！"于是，承载过他青春梦想的正定县西慈亭村，成为他笔下的"梦庄"；当年与他朝夕相处的乡亲，也变为一个个鲜活的艺术形象。评论界普遍认为，"梦庄记事"系列是贾大山老师小说创作的分水岭，从此他将艺术视角转向了人的内心世界。他写那个特殊年代人们的命运和世态人心，对人性的恶，也进行了剔骨挖髓般的剖析和鞭挞；依然以人物对话见长，但篇幅越发短小精粹。其冷峻深邃让人想起鲁迅笔下的《闰土》《孔乙己》，行文的简约清新又颇似孙犁的《山地回忆》《吴召儿》等经典名作。

文如其人。贾大山老师为人厚重笃实，品德高洁，他从不用花里胡哨的东西讨巧蒙人，所写全是生活的"干货"，就像他在《花生》一文中所说："小时候，我特别爱吃花生。街上买的五香花生、卤煮花生，我不爱吃，因为它们是'五香'的，'卤煮'的。我爱吃炒花生。那种花生不放作料，也不做过细加工，那才是花生的真味儿。"陶渊明在《饮酒》一诗中也说:"此中有真意,欲辨已忘言。"一个"真味儿",一个"真意",道出了两位文学家相近的人生观和文学观。

曾记得,贾大山老师生前,他的床头时常放一本书,是那种小开本、装帧设计淡雅素朴,最适合在枕边阅读的书,那是孙犁的小说集《白洋淀纪事》,看得出,他非常珍爱和喜欢。什么时候,也能出版一册这种版本的贾老师作品集呢?这也是我和贾永辉曾经有过的一个共同愿望。想不到,我们的好友、花山文艺出版社文学编辑部主任梁东方和我们的想法不谋而合。经过精心酝酿与策划,他决定将大山老师的"梦庄记事"系列与"古城人物"系列,分别编成两个单行本出版。闻听此讯,我和永辉非常高兴。

1998年,也就是在大山老师辞世第二年,花山文艺出版社出版了大山老师的第一本小说集,梁东方担任责任编辑;后来他又是《贾大山文学作品全集》的责任编辑,可谓与大山老师缘分不浅。这一次,花山文艺出版社又特意邀请著名民俗画家刘现辉老师,为两本小说集绘制插图。为了让画家对作品人物所生活的环境有一个更直观的感受与了解,副总编辑李爽和梁东方主任亲自带着刘现辉,由我和永辉陪同,分别到正定古城和西慈亭村进行采风。在西慈亭,我们参观了"贾大山旧居"，从一面老墙、一棵老树，甚至一砖一瓦中，寻觅与捕捉大山老师当年生活与创作的痕迹。正值春暖花开，在大山老师旧居那座原汁原味的农家小院里，我们嗅到了沁人肺腑的槐花香，整个村庄也弥漫着这种醉人的香气。嗅着淡淡的槐花香，还有从村外田野飘来的小麦生长的清新气息，我们仿佛再次感受到了漫漶于大山老师作品中浓郁的乡土气息，以及那引人入胜的艺术魅力！

感谢花山文艺出版社，用这种图文并茂的形式，再次将贾大山老师创作于三十多年前的精美小说呈现于读者面前。这是吹向当下喧嚣和浮躁的一缕清风；而对所有喜爱大山老师小说的读者朋友来说，更是一捧飘溢着文学馨香的美丽花束！

康志刚

2020年11月18日于古城正定